JN317452

onsha Library

少女たちの植民地

平凡社ライブラリー

Heibonsha Library

少女たちの植民地

関東州の記憶から

藤森節子

平凡社

本書は、平凡社ライブラリー・オリジナルです。

目次

1932年（昭和７）大日本雄弁会講談社発行『新満州国写真大観』「新満州国絵図」部分に手を加えた。地図下「關東州」の文字のすぐ上から❶「大連」❷「金州」、「満州国」と「日本関東州」との国境付近に❸「普蘭店」、さらに地図中央上部❹「奉天」、❺「鐵嶺」、❻「四平街」。

はじめに

「引揚げ」といって、そのことばの意味することがわかる人はもうそんなにはいないだろう。

一九四五・昭和二十年八月十五日の敗戦によって、それまで日本領土としてきた樺太南半分・台湾・朝鮮・関東州（大連など）、そして日本が実権をもって支配してきた「満洲国」にいた民間の日本人が、日本国に帰国することを指しており、私も関東州から引揚げてきた者の一人だ。

「ヤーイ、引揚げ！」というのは、さげすみの言葉だ。学校帰りに一人で集落への道を歩いている女学生の私を、悪童どもが大声ではやしたてながら少しはなれた畦道《あぜみち》をぴょんぴょんとはねながらついてくる。それでも私の場合、食べるものは乏しかったけれど、少しもへこたれることはなかった。

一九四七年三月末引揚げの時点で、持っていた旧《ふる》い日本銀行券は、一人当たり千円分だけしか新円に交換されなかったうえに、物価は高く、お金の価値は驚くほどなくなっていた。財布を預かる母は経験したことのないほどのやりくりのつらさを感じていただろう。そのうえ、大切に育てた息子の戦病死の公報を受けとっていた。母は、ふと死を思って家を出たことがあったらしい。残る家族への思いが実行をとどめたようだ。

私たち一家は、母方の祖母の実家の離れ座敷を借りていた。当主は母の従兄で、農地解放で多くの所有田畑を失った、かつての大《おお》庄屋だったが、働き者でおとなしい人だ。

その妹である母の従妹は、母が村の小学校で専科正教員として教鞭をとっていた時の教え子でもあり、成績のよい勝ち気な娘だったという。その従妹の婚家先を訪ねた日、帰ってきた母は悲しげにこぼした。従妹も、田畑の仕事に加えて姑との折り合いのこともあって苦しい毎日だったらしかったが、外地から帰ってきた従姉である母にむかって、母をへこますような言葉を投げつけたのだ。

「外地で蝶よ花よとのんびり暮らしてきたんだから、今、つらいのは当たり前だ。少しも同情なんかせん。」

歯に衣《きぬ》きせぬ従妹のこの直言は、母をずいぶん打ちのめしたが、母もまた勝ち気だったから、のりこえる力にもした。

伝えきくだけで、どきっとするこの言葉の中から、私は初めて、引揚げ者に対するさげすみだけではない見方を教えてもらったように思う。

蝶よ花よというほどにうかれていたわけではなかったが、贅沢ではないが不自由することのない生活は保証されていた。

母には、実の兄が贈ってくれたシンガーミシンがあり、洋裁を学んで子どもの服を縫うこともできた。それは、洋裁や編み物を教え合う知り合いが身近にいたからできたのだったが、それが植民地という環境でもあった。

あの時代の主婦の仕事は大変だった。家族一人一人のセーターやレギンスをからだの成長にあわせて、ほどき、編み替える。

そのころの大連は自由港で外国製品が免税で扱われていたこともあって、外国の物も手に入れやすく、たとえば、三角形の商標札に蜂がとぶ英国製のビーハイブの毛糸も一ポンド手に入れた。これは最初は下の小さい子二人のレギンスとセーターをお揃いで編み、成長に従って次々に編み替えて、最後は三十年後にベスト一枚になる。編み直しごとに糸が痩せていくことはあっても、毛玉はできない。それが英国製の長所だ。母は自分用にはグレーに緑のネップ入りの毛糸でセーターを編む。

洗濯石鹼も英国製（?）のがあった。半透明の乳白色でフレーク状のものだ。「ラックス」という耳おぼえだが、確かではない。その頃の洗濯石鹼は木綿物の洗濯にはいいが、絹物は洗えなかった。田舎町には洗い張り屋さんはおらず、たまに肩に大風呂敷で反物《たんもの》を担《かつ》いでやってくる呉服屋さんに頼むことにしていたが、大島紬《おおしまつむぎ》のようなものならば、このラックスを溶かして丁寧に洗って伸子《シンシ》張りをすればよかったようだ。このことを覚えているのは、このフレーク状の石鹼を、空に飛ばすシャボン玉用にわけてほしいと願って眺めていたからだ。いずれもそれは、贅沢にちがいないとはいえ、堅実志向であった。それでもそれを実現していくだけの基本的財源をもつことができたのは、「植民地」ということが根底を支えていたのだったろう。

敗戦時国外にいた民間の日本人は、ほぼ三百三十万人だったという。引揚げ者といえば、まず満蒙開拓団の人々の味わった痛苦に満ちた場合を思わずにはおられない。

けれども、歴史には他の側面があることを記憶しておきたいと思う。それは、たとえ特別に書きたてるほどのことが目には見えなかったにしても、他国の人々を圧迫することの構造の上に成り立っていたという側面だ。

大連や旅順というと、ひとくちに「満洲」と思ってしまう人が多いように思う。たとえば井上ひさしの戯曲「円生と志ん生」（『すばる』二〇〇五年四月号）は敗戦直後の二、三年の大連が舞台になっているが、その場所をさし示すのに〈旧満洲国南端の大連市〉としている。この場合話の舞台は八月十五日以後で、「満洲国」も「関東州」も消滅した後のことなのだから、今さらこだわることもないと言えるかも知れないが、やはり「関東州」をあいまいにとらえたままにしておくと、そこにあった問題がみえなくなると私は思っている。

関東州とは、日本が日露戦争後のロシアとの講和条約で、ロシアの権益をゆずり受ける形で中国の土地を租借したもので、地図の上では「大日本帝国」の領土をあらわして赤く塗っていた場所。

それはしかし、すんなりそうなったわけではない。この関東州を日本がどのようにして手に入れたかという歴史的な経過をたどってみることにしよう。

一八九五・明治二十八年、日清戦争の終結後の日清講和条約（下関条約）で、遼東半島をそっくり根元の部分から、それに台湾・澎湖列島の割譲と賠償金二億両を清国に認めさせたのは日本だ。しかしこの時、フランス、ドイツの同調をとりつけたロシアがこの三国共同の形で、日本に遼東半島の割譲については取り消すことを迫り、日本はこれを認め清国に返還せざるを得なかったということがある。いわゆる「三国干渉」で、歴史年表でもこの言葉で載っている。

たしかに、ロシアの立場からすれば、シベリア鉄道の延長鉄道として大連までの縦貫鉄道を計画敷設しようとしていたので、遼東半島の割譲はなんとしても阻止しなければならないことだったといえる。

そしてそれからほぼ十年の後、日本は日露戦争でロシアに戦勝し、このときの恨みを晴らすことになる。日露講和条約（＝ポーツマス条約、一九〇五年）で樺太の北緯五〇度以南、そして前回割譲を取り消させられた遼東半島の、先端部分（関東州）を手に入れ、これに加えてロシアの経営していた東清鉄道（長春―旅順間、他）を引きつぎ、これを南満洲鉄道＝満鉄とすることになる。といって、これは清国の領土にかかわることだから、形式的には「満洲に関する日清条約」（＝北京条約）を清国政府との間にとりつけてはいる。

中国に対してはさらに追い討ちをかける。日本の二十一カ条要求だ。一九一五年、第一次大戦で当時ドイツ領だった中国膠州湾（青島《チンタオ》）攻めに参戦し勝利をおさめた日本は、まだ欧州では戦火がおさまっていないこの時期に、ドイツが中国にもっていた権益を日本へ渡せとはやばやと要求。そして一九一九年大戦終結した後のヴェルサイユ条約も、中国でのドイツ権益は中国へ直接に返還されるべきだという中国の主張を否決する。中国国内ではこれを認めた弱腰の自国の政府に対する激しいつきあげと、理不尽な要求をおし通した日本に対する抗議としての日貨排斥運動が学生を中心に高まり、労働者階級にもひろがっていく。これが五・四運動だ。

　二十一ヵ条要求の第二号第一条には〈日中両国は旅順・大連の租借期限と南満洲および安奉両鉄道の各期限をさらに九十九ヵ年ずつ延長することを約束する〉とあり、これが関東州の九十九ヵ年間の租借を決定的にすることになったわけだ。日本は「三国干渉」で一度は手放した土地をここへきて念願かなって手に入れることになった。関東とは山海関の関から東、州とは日本の国の一地域であることを示すものだという。香港の租借期間九十九年もそうだったが九九《チユウチユウ》年とは久久《チユウチユウ》年につながり、それは永久にとなる危険をはらんでもいた。

「関東州」はこのような形で二十一世紀にずれこむはずの租借地となったのだったが、それは「永久」になる前に、一九四五年、日本の無条件降伏によって解き放たれることにはなった。しかし、そこに生きる中国人にとっては、少なくとも行方もわからぬままの植民地統治が四十年続いたのだ。

改めてここに書き記せば、台湾は一八九五年から五十年、樺太・関東州は一九〇五年から四十年、朝鮮は一九一〇年から三十五年の植民地統治下にあった。五十年〜三十五年という時間は、人が生まれてから社会人として活動する人生の基礎の部分がすっぽりはまるほどの長い年月だ。その渦中にあっては、いつ終わるか知れない日々だったことは忘れてならないことだ。

私は植民地で生まれ、引揚げまでの十五年をそこで暮らした。思い返してみると、子どもの生きていた世界なんて小さな小さなものだった。ああ、なんでもっと動きまわり、たくさんのことに出会い、それをよく覚えておくことができなかったんだろうか、と口惜しくて、それこそ地団駄ふむような思いでいる。

それでも、その生きていた小さな子どもの世界にさえも、あれとこれをつなぎ合わせてみると、歴史や社会の動きがいやおうなくおおいかぶさってきていたことが見えるように思う。

それを書いておきたいと思った。

粒ようのもの三つ

その筆箱は下皿も上蓋も、こよりを編んだものの上から漆《うるし》がかけてあるようで、沈んだ茶褐色をしている。上の姉がこの筆箱を手に入れたのは、女学校の修学旅行先でのことだから、もう七十年以上も持っていることになる。編み目の奥の方に少しばかりほこりがつまったままになっているのは、自然な成り行きというものだろう。

一九二五・大正十四年早生まれの姉の修学旅行ということになると、一九四〇・昭和十五年かその翌年にあたるだろう。四年生の時だったのか五年生になってから行ったのか、学年のはじめだったのか終わりだったのか、それによってその時は確定できるわけだが、いずれにしても、一九四一・昭和十六年十二月八日には太平洋戦争が始まるわけだから、女学生の大がかりな修学旅行など、姉たちの学年で終わりだったにちがいない。

姉の行っていた官立旅順高等女学校というのは、中国東北部遼東半島の先端の、当時「関東州」の旅順にあって、姉は家族の住む普蘭店《フランテン》の田舎町を離れて女学校の寄宿舎に入っていた。修学旅行は、海を渡って日本内地の各地を巡《めぐ》るものだった。まだ小学校の一、二年生だった私の記憶に残っているのは、別府にある血の池地獄、坊主地獄といわれるような温泉の話だとか、京都の紅皿とか、東京で父の弟である叔父に歓待してもらった話だとかで、それらの断片をつないでみると、九州各地から京都、奈良、伊勢、東京、日光などを、二十日間ほどもかけて巡り、その行く先々で、生徒たちのそれぞれが内地の親類と出会う機会をもつことができるようにも組まれていたらしい。姉は、東京に住む叔父に出会い、他の縁者に引き合わせてもらったりもしている。その時買ってもらったという、赤い繻子《しゅすじ》地にビーズ刺繍がびっしりとほどこされた小さなバッグは、私の眼には、別世界のもののように見えた。その別世界とは、東京であったのかも知れない。

私には兄がいて、その下には三人の姉がいたが、この一番上の姉は、私に、まだ見たことのない外の世界への窓をあけて、のぞき見させてくれる役割を果たしていたようだ。この姉が女学校入学と同時に寄宿舎に入った頃は、私はまだ四、五歳だったが、帰省の時に姉は、三人の妹に土産を買ってきた。

うれしくなるようないろいろな土産のなかに、必ずといっていいほど玉蘭《タマラン》しおりがあった。

それは、葉柄と葉脈が透けるように残されたものを、赤、緑、黄、橙、桃などに彩色した、十二センチから十八センチほどの細長い葉そのままをしおりに作ったもので、なんとも言えぬくらい美しいものに感じられた。私などは、タマランシオリという名を耳からだけ知って、タマラなく美しいという意味の名前だと長い間思っていたくらいだ。姉が見せてくれるもの、話してくれることは、すべて輝いていた。中と下の姉と私の三人は、一学年置きに続いていたが、上の姉と中との間は、もう一人女の子がいて乳児の時に死んでいるので三学年間を置くことになっていたから、ここで世代的な感覚に一線をひくことになったようだ。

それでも、その当時は、姉妹の中で一番先頭を切って歩いている上の姉の話は、いずれそのうち、順番がくれば自分たちの身の上にも必ずやってくるはずの世界のものとしての光を放っていた。

それが幻想だったことは、戦争が進むにつれて徐々に、そして次第にテンポを速めていやでも知らされることになる。七つ年下の私が女学生になる時には、戦時下の窮乏生活もどんづまりのところまできていた。姉がのぞかせてくれたのは、外の世界であったと同時に、少し前の、少しは平和でゆとりのあった時代そのものだった、といった方がよいのかも知れない。

戦争の末期に重なって、当時国民学校と改称されていた小学校の修学旅行の時期になっても、もうそれどころではなくなってしまっていた私の世代からみれば、八学年上の女学生たちの経験した修学旅行は、現に姉が行っているということで疑う余地もないこととよく承知しながらも、幾度考えてみても、現実にあったこととはとても思われない。

第一、公立の女学校で学科の勉強を放っておいてそんなに長期の修学旅行などすることが可能だったのかと思う。一方で、あるいは、故国日本「内地」のことを見聞することこそ重要な学習である、として「外地」の中等学校にだけ許された特別な修学旅行だったのかも知れない、などと考えてもみた。

けれども、この想像は私の思い過ごしだったらしい。一九二二・大正十一年生まれの瀬戸内寂聴の年代が最後ではあるが、内地の女学生もまた二十日間ほどかけた修学旅行をしていたというのである（『群像』一九九三年十月号座談会「小説との深い縁」）。瀬戸内の徳島女学校の場合は、四国という位置からいって、東へ行くも西へ行くも大差はないとばかり、朝鮮から「満洲」まで足をのばしたということで、それはちょうど姉たちとコースが逆になっているわけだから、女学生の大がかりな修学旅行についても、やっと得心いくことになった。

それにしても、姉が自分のものとして買い求めたこより編みの筆箱は、渋くて、いくら女学校最終学年とはいえおとなびたものである。叔父のくれたという赤い華奢《きやしや》なバッグこそ年齢に見合ったものではなかったろうか。いくらか平和で豊かな時代に、いくらか華やかなものを見ていただろうこの女学生のどこに、そんな審美眼が育つことがあったのだろうか。そういえば、三人の妹たちが、『少女の友』などの雑誌にのっている中原淳一が描く大きな瞳の女に心惹かれていた時に、姉は初山滋の少しぼやけたような絵の方が好きだと言っていた。筆箱を買い求めたのは、そういう感覚をもっていた姉と筆箱の一瞬の出会いだったのかも知れない。特に大事にしたかどうかはわからないが、結婚や引揚げも共にして七十年余も手許で使われていることから考えると、その筆箱は一時の気まぐれで選ばれたものではなかったといってよいだろう。

大きめの筆箱には、今はペンや鉛筆や消ゴムばかりではなく、七十年余も手許にあった分に見合うだけの、さまざまな物がはいっている。考現学ふうに一つずつとり上げてみたら、どれだけのものを書き並べることになるか、想像するのは楽しいが、実際にやってみることになれば骨の折れることだろう。

粒ようのもの三つ――蓮の実、洋銭《ヤンチエン》、くるみ――もこの筆箱の中にあった。

蓮の実

　私はそれを、はじめは無患子《むくろじ》だとばかり思い込んでいた。羽子《はね》突きの羽子についている無患子の実は丸いものだが、ときには細長いものも小粒のものもある。樹によってさまざまな形のものができても不思議はない。戦後まもない頃に、無患子の実の皮のサポニンが石鹼代わりになるときいて、使ってみたことがあるが、その時の実はどんな色をしていたものだったか。羽子についているののまっ黒さは、あれはくっきりとさせるために染めてあるのだろう。姉の筆箱の中の濃い茶褐色の細長い実を、私は勝手に、自分の知っている無患子に結びつけて了解していた。

　それでも、なぜそんなものが大事そうにとってあるのか。私が高校一年か二年かのある時、どうした成り行きからか、「お姉さん、これってなに」とたずねてみたのだった。「普蘭店の蓮の実よ、劉雨田《リユウウデン》さんの土地から出たのを、お父さんにもらったのよ」。

〈普蘭店の蓮の実〉、あの蓮の実だ。次の瞬間、私は「ちょうだい、私にちょうだい」とねだっていた。それはもう、欲しくてたまらなくなっていた。

姉の持物をねだるというのは、これがはじめてではない。だいたい妹というのは、おくれて生まれてきた分だけ、姉たちの持物に対しては敏感で、物心ついてこの方、羨《うらや》ましくて欲しくてたまらなくなるという歴史をずっと繰り返してきている。姉の持物を自分のものにするために、ひたすらねだり、駄々をこね、哀願し、という具合にあの手この手で迫ることにもかなり年季がはいっているといってよい。ねばりにねばっても成功しないことも時にはある。けれども、この時は意外なほどあっさりと、蓮の実は私のものとなった。その場に、中の二人の姉が居あわせていたら、姉妹の間のバランス関係はなかなかに微妙なものがあるから、とてもこうすんなりとは運ばなかったにちがいない。

この蓮の実について、姉のように現役ではないが、私も知識として知っていたのである。〈普蘭店の蓮の実〉とは、後に蓮博士といわれることになる大賀一郎が、はじめて発芽実験に成功した五百年前の蓮の実のことで、目の前にある蓮の実はそれと同じ泥炭地の中から出土した蓮の実なのだった。その固い殻の内側には、五百年前の生命が、そのまま蓄えられているはずの蓮の実だった（大賀一郎著『ハスを語る』、忍書院、一九五四年）。

私が蓮の実をねだって自分のものとした当時、というのは一九四九年ごろのことなのだが、その時点では、このフランテンハスの生命五百年が、植物の種子生命の最長のものとされていた。一九二三・大正十二年に大賀一郎が、はじめて普蘭店古ハスの発芽に成功するまでの、植物の種子生命の最長記録は、マメ科植物カシアの八十七年だったというから、五百年というのは驚異的なことだといってよい。

私は、この蓮の実を大事に、緑色のガマロにしまいこんだ。

そして、私は、「私の緑色の財布の中には一粒の蓮の実がはいっている……」といったような書き出しで、エッセーを書くことになる。それはちょうど高校二年生の時で、国語の「エッセー・随筆」という単元の仕上げとして作文を書く機会が与えられ、同じ頃中勘助の『銀の匙』を読んでいた私は、あの要領で書いてみようと思いついて、書き出しを決めたのだった。

私の書斎のいろいろながらくた物などいれた本箱の抽匣《ひきだし》に昔からひとつの小箱がしまってある。

なかには子安貝や、椿の実や、小さいときの玩《もてあそ》びであったこまこました物がいっぱいつめてあるが、そのうちにひとつ珍しい形の銀の小匙《こさじ》があることをかつて忘れたことはない。

と『銀の匙』ははじまる。

この書き出しが最初に浮かんだために、私は蓮の実のことを書いたのだったかも知れない。それにしても蓮の実は、なかなかによい素材でもあった。

しかし、運悪く、この作文は国語科教師の推薦で生徒会新聞に掲載され、気がついた時、財布はなくなっていた。少しの後、誰かの机の中に放置されていた財布は発見できたが、中味は空になっていた。みるからに貧しそうな私の財布を金銭目当てで盗む者などいるはずはなく、目的は新聞で読んだうえでの蓮の実だったとしか考えられない。そのころの私は、盗まれるなどとは少しも考えていなかったらしく、警戒心の持ち合わせはなかった。あぶないなどと思えば、毎日持ち歩く財布になど入れてはおかなかっただろう。失ってみてはじめてそれがとり返しのつかないことだったと気づいたのだった。

あのまま姉の筆箱に置いておけばよかった、と今ではとても後悔しているわけだ。

現在各所に「二千年ハス」「大賀ハス」と呼ばれる蓮があるが、それらはみんな、大賀一郎博士が一九五一・昭和二十六年に千葉県検見川《けみがわ》出土の蓮の実を発芽させたものがその原株になっている。

大賀はその一年前の一九五〇年に、滑河《なめがわ》から一九三二年に発掘されて須恵器の中にあったたった一個の蓮の実を、発芽させながら誤って枯らしてしまっている。

翌一九五一年に検見川出土の丸木舟の中に、種子を落とした穴がならぶ蜂の巣のような蓮の果托だけが出たことを知った時には、必ず蓮の実がどこかにあるはずだと推定し、のべ二千五百人の手をかりて、やっと三個の実を採集したのだった。発芽を成功させた後のその蓮が「二千年ハス」と命名されたように、それは二千年前のものと推定された。

この時の大賀は、かけがえのないたった一個の蓮の芽を枯らしてしまったのち、苦労して手にいれたわずか三個の蓮の実に立ち向かわなければならなかったのだが、普蘭店古ハスの実験の時は、蓮の実はふんだんにあった。そのうえ、発芽実験に成功して以来の発芽率は百パーセントだった。一九二三年、欧米への遊学を前に日本に一時帰国した時には、「満洲みやげ」として千個ほどを持ち帰ったというが、この千個の意味することは、現地普蘭店から は蓮の実が大量に出土したということであって、日本人研究者が洗いざらい持ち帰ったということではない。

大地主劉雨田所有になる方四キロの高粱畑《コウリヤン》はそこだけが周囲の黄土色の土と対蹠的に黒っぽくて、一メートルほど下の層は泥炭になっており、その泥炭層の下の方に古ハスの実があったのだという。この高粱畑の中央を鞍子河《アンシガ》が南北に流れていたから、かつてそこら一帯には蓮が大量に生えていたのだろう。

蓮の実は、最初一九〇九・明治四十二年に満鉄地質調査部の「地質調査」の折に発見されたのだという。

ところで、日本人による「地質調査」とはなんだったのだろうか。まるで科学調査のように聞こえるが、それだけではない。一九〇三・明治三十六年に、日本に留学して間もない二十三歳の青年周樹人（後の魯迅、この年弁髪を切っている）は、その『中国地質略論』の中で、その論旨は、中国人はこれでいいのかと中国の内側に向けられているとはいえ、外国人の地質調査について鋭く言及している。

一八七一年にはじまるドイツ人リヒトホーフェンの上海商工会議所委嘱《いしよく》による幾度かの地質調査について、〈たかが一人の文弱な地質学者などといってはならない。彼の眼光と足跡は、まことに無数の強力、勇敢な軍隊にもおとらぬ力を秘めていたのだ。現に、リヒトホーフェンの旅行以後、膠州《コウシュウ》は早くもわが国の領土ではなくなっている。〉と書いているように、リヒトホーフェンは、ドイツは地下資源豊富な膠州湾を占領すべきだと主張し、そして現にドイツは、ドイツ人宣教師殺害事件を口実に、膠州湾を占領し、一八九八年には租借を強行した。

地質調査を行なったのはドイツだけではない、ハンガリー、ロシア、日本の地質学者が中国を訪れている。

日本の場合は、一八八七・明治二十年前後に地学会や地質学会が設立されているが、日清戦争のさなかの一八九五・明治二十八年には、大本営の命令で、遼東半島の土性・地質調査をはじめた。魯迅の『中国地質略論』には、それが書かれる前年の一九〇二年までに日本の地質学者たちが調査した中国の石炭埋蔵地の分布図が添えてある。

一九〇九年に満鉄地質調査部が普蘭店の劉雨田の高粱畑を調査したのも、そこが、周囲とは異なって、きわだって黒っぽい土質だったからであろう。この一九〇九年までの間には日露戦争があり、その戦争終結の一九〇五・明治三十八年に結ばれた講和条約をもとに、日本は南満洲鉄道を手に入れ、旅順、大連を含む遼東半島の先の部分を租借して関東州とした。また、一九〇九年といえば、前年に後藤新平の跡を継いで満鉄総裁になった中村是公の招きを受けた夏目漱石が、神戸から「鉄嶺丸」に乗船して大連港につき、大連、旅順、熊岳城《ユウガクジョウ》、営口《エイコウ》、湯崗子《トウコウシ》、奉天《ホウテン》、撫順《ブジユン》、長春《チヨウシユン》、ハルピンと満鉄の沿線と、沿線の事業を見学し、朝鮮を通って帰国していて、これは『満韓ところぐ〵』という紀行文になって発表された。

大賀一郎が、普蘭店古ハスの実のことを知ったのは、一九一七・大正六年で、発芽実験成功までには、五、六年を必要としているが、発見当時に、東京、京都に持ち込まれたものは、遂に不成功に終わっていたから、成功はまさに文字通り欣喜雀躍《きんきじやくやく》といったものであったろう。この蓮の実の年齢を推定するために、大賀は地上の大楊樹の樹齢、畑地の売買証文、架橋の碑文、河の土層の削剝の度合と、さまざまな角度から検討を加えたうえで、仮に五百年とした（現在、カーボンテストでは千年以上の公式年代が出されている）。この実験をもとにした論文によって大賀は理学博士になったが、身近に一九二八・昭和三年六月の張作霖爆殺事件、さらに一九三一・昭和六年九月の柳条湖鉄道爆破事件が起きたことや、軍部の横暴を目のあたりにして、満洲にいては純粋に学問の徒でいることは難しいことを感じ、一九三二年には満洲を去った。

蓮の実の出土した高粱畑の地主である劉雨田のことだが、子どものころはこの人のことをリュウデンさんと呼びならわしていた。なんでも、普蘭店一の大地主で金持ちらしかった。ほかにリュウデンさんに関する私の知識といえば、そこの娘が日本の女子大学を卒業している、といった程度のものだったが、普蘭店会の会報（七号、一九九二年十二月）の座談会「普蘭店を語る」の中で、その〝親日〟ぶりの一端を知ることになった。

普蘭店小学校は、一九〇九・明治四十二年七月一日に、金州小学校の分教場として創立されたのだが、〈篤志家劉雨田氏が用地・校舎・校具の一切を寄付した〉のだという。一九三九年に私が入学した時は煉瓦造りの二階建て校舎で、半地下になった地下室にはボイラー室があって各教室にスチームが通るようになっており、窓は全部二重窓という校舎に建てかわっていたから、その第一次の校舎がどのようなものであったかは知らない。それでも劉雨田から寄贈された校舎も、冬の寒冷に備えた造りでなければならなかっただろう。

（劉氏は）陸軍大学の中国語の教官をしていましたね。牛島陸軍中将という方がいらっしゃったが生徒でした。だから牛島氏が普蘭店に住む姉さんの家に来た時は劉さんの家にも行ってました。

ここでは牛島が沖縄で司令官だったことも付け加えられている。〈戦時中に飛行機を献納したと聞いています〉。

こう書き並べてみると、私はもう言葉につまってしまう。中国人は彼を「漢奸《カンカン》」と鋭く非難したであろう。「漢奸」とは売国奴（敵に通じる者）という意味だ。そういえば、この「漢奸」という言葉を、子どもである私はすでに知っていた。どんな場面で、だれが「漢奸」だと言われていたのだろう。

私は今、その言葉を劉雨田に向かって使うことはできない。それどころか、中国人に対しても、劉雨田に対しても、顔があげられないような気持で心が重い。

子どもの時に理解できなかったために、心にひっかかっていたトルストイの童話がある。旅人が渇きをいやすために葡萄をたべて、その種をぷっと吐き飛ばした。その種が姿はみえないがそこにいた悪魔の子の眼にはいり、知らないこととはいえ失明させていたことの罪が問われていたのだった。あれは、人の存在は、自覚しない全く知らないところでも他者に対して罪をおかしていることを、人は知らなければならない、とするものだったのだろう。

苦い思いをともなわずにはおられないにもかかわらず、フランテンという名をきいただけで、私はいいようのない思いにとらえられる。普蘭店には、たとえば、父か母かの胸にすっぽりと抱えこまれて馬車であの街角をまがったのは、はじめて普蘭店に着いた日のことではなかったか、というような切れ切れな記憶がはじまる二歳九カ月ごろから、国民学校五年生の夏までいたので、八、九年は過ごしたことになる。

普蘭店は同じ関東州でも、大連のような大都会や、旅順、金州《キンシュウ》のような中都会とは比べることもできないくらいの田舎町だった。それでも満鉄の幹線である連京線（大連―新京）の普蘭店駅には特急あじあ号が大連へ向かう上り列車だけだったが停車した。日本が租借していた関東州は、日本領土としての扱いになっていたために、「満洲国」から関東州にはいって最初の駅である普蘭店駅に酒や煙草を中心に検査する税関監視所が設けられ、入国のための通関手続きをしたわけである。この停車は、時刻表には記載されていなかったものの、乗客の乗降もできたという。

上の姉の話によると、この普蘭店駅のプラットフォームに埋められていた甕《かめ》には、大賀一郎の発芽させた蓮の一株が植えてあったということで、このことは下の二人の姉もまた知っていた。三人とも、それぞれにこの駅から旅順高等女学校の寄宿舎へ出立し、学期学年末の休暇には帰省のためにこの駅に降りたわけだから、蓮の葉や、花や、枯れた果托など、季節季節の蓮の姿を眼にしていたにちがいない。(ちなみに、町の特徴をシンボル化した各駅のスタンプのなかで、普蘭店駅のには蓮の果托が描かれていた。)

幼かった私もまたこの駅には縁が深かった。姉たちの帰りをうろうろと待ちわびていたこともあったし、太くてがっしりした白い木の柵の間をすり抜けて駅の構内にはいり込むこともあった。はいり込んだあとは、そのまま線路沿いに構外へ出た。いわば遊びのコースの一部だったので、そこに甕があったようなうっすらした記憶はあっても、どの季節の蓮の姿にも覚えはない。

小学校低学年までは、同じような年頃の子ども四、五人でつながってあちらこちらと遊びに行ったものだ。線路は、新京へ向かう特急あじあ号が高速度で通過していく線路でもあるわけで、親の眼にふれたならば、たちどころに禁止を食うところだが、子どもたちのだれかが危険な目にあったということもなく過ごしていた。線路の両脇には、有刺鉄線をはり渡した柵があったが、電流が通っているわけではなかった。子どもたちは、いたってのんびりと、機関車がぽっと吐き上げた煙がきれいに輪っぱになったのを眺めたり、だれかから大人のうけうりであの機関車はブジュンタン(撫順炭)のうちでも特別に上等な石炭をたいているのだという知識をわけてもらったりした。

踏み切りにつながる少し広くなった線路脇の道では、馬が落としていった糞に、フンコロガシがもぐり込んで、やがて丸めた糞を上手にころころところがしていった。『満洲小学唱歌』(そういう名前の土地の風俗、気候、自然などを素材にした唱歌の教科書があった)の中の、「やっこらやっこら、馬糞は命だ、お前の地球だ、やっこらやっこら」という歌は、こんな時に虫に歌ってやるにはもってこいだ。

時は、ゆったりと流れていたのだった。

もう少し行って踏み切りを渡って坂をおりると、へばりつくように海辺の雑草が生えていて、泥と砂がまじり、塩がふいて白っぽくなった土の表面にはぷつぷつと小さな穴が無数にあいていた。穴に見合ったごく小さな蟹が、時々ちょろちょろと走っては、穴に逃げこんでいった。

その先には広大な塩田がつづいているが、そちらへ行くのをやめて、再びフンコロガシの道を戻り、途中から別の道を行くと、そこはシュビタイの丘だった。アカシアと雑草が生えていて、ちょっと広くなったところでは時々、畜産組合の人たちが馬を引きだして、なにかやっていた。「子どもは見たらいかん」と追っぱらわれたものだが、種つけの交尾をさせていたということだ。

意味もわからずに口うつしに覚えたそのシュビタイとは、「守備隊」のことだった。もうその頃には鉄道守備隊という名目の軍隊そのものはいなかったが、兵舎に使った建物は残っていた。

遊び場には豊かな自然があふれていて、子どもは新しい発見に目をみはっていたが、そこには、ロシアや日本がこの土地に刻み込んだ歴史もかくされていた。

洋銭《ヤンチエン》

蓮の実をもらってその揚句《あげく》失ってしまってから二十数年たった頃、私はまたも姉の筆箱をのぞいて、小指の先ほどの大きさのにぶく光るものをつまみ出した。今ならば、補聴器か計算器用の水銀電池だと思って、たずねることもなかったに違いない。

「これはなに?」

「これは洋銭。銀のお金。お父さんがトランクいっぱいに詰めて大連まで持っていったんだけど、その時にもらったのよ。満人（当時は土地の中国人をそのように呼んでいた）から銀のお金を集めてお札《さつ》を渡したのね。」

――お父さんの仕事。そうかお父さんの金融組合の仕事にはそういうこともはいっていたのか。小さな洋銭に不意を衝《つ》かれて、私はうろたえていた。父は穏やかな人物で、誠実な生き方をしていたから、仕事についても、返せなくなるような（結果として土地の取り上げにつながるような）資金は融資できないからと、自転車で土埃をかぶりながら担保になる実際の土地や状況を見て廻っていたようで、仕事のうえでも、人間関係のうえでも、中国人から直接の恨みを買うようなことはしていなかったらしい。これは敗戦後になって、大連で中国人新政府から呼び出しを受けた時にも、あんたはいい、とすぐに帰されたことでも証明されている。けれども、個人的な生き方とは別に、やはり金融機関が植民地支配の尖兵であったことは否定できないな、とぼんやりとだが考えてはいた。それが、いきなり自分にも関係のある具体的な形となって、目の前にとり出されたのだ。

私の生まれる少し前から、父は関東州庁から任命された金融組合の理事だった。いってみればそれは、銀行の支店長のような位置にあることはわかっていたが、その「金融組合」なるものが、銀行とどう違い、植民地でどのように成り立ち、どのような役割を果たしてきたのか、〈悪名高い金融組合〉と朝鮮に関することで耳にしたことはあるが、その具体的な組織や仕事内容については全く知らなかった。

地域勢力の銀行によって発行され、ばらばらに通用していた銀銭を集め、新貨幣を渡して統一していくこともその仕事の内に含まれていたことを、一粒の小さな洋銭が教えてくれた。その実施時期は普蘭店でのことだとすると、少なくとも普蘭店に引越した一九三五・昭和十年春以降ということになる。すると、それは歴史的にいうとどの時期、どの段階でのことに当たり、どのような意味をもっていたのだろうか。

私はいつも、自分の生まれ育った時代を考えるとき、柳条湖鉄道爆破事件のあった一九三一・昭和六年九月十八日を基点に置いてそれとの位置関係を見定めてみる。この事件は、たちまち日本軍隊の出動につながり「満洲事変」と名づけられたうえで、翌年三月一日には、日本は「満洲国」という手前勝手な国を作りあげた。

すぐ上の姉と私の二人は、この「満洲事変」と「満洲国」建国を間にはさんで、父が金融組合の理事になって最初の赴任地だった鉄嶺《テツレイ》の町で生まれた。戸籍謄本を見ると姉の旦子《あさこ》の方は〈南満洲鉄嶺鉄道付属地〉と書かれているが、私の戸籍は〈満洲鉄嶺〉となっている。

地図を見ると、鉄嶺は南満洲鉄道（満鉄）沿線にあり、鉄道爆破のあった柳条湖からは汽車ならば一時間半ぐらい北へ行った位置にある。こんなに近くであれば、九月十八日直後に日本の軍隊があわただしく出動した時など、軍靴の響きがたえまなく伝わってきて、緊張に身を縮めていたに違いない。

たしか鉄嶺には鉄道独立守備隊もいたはずだから、「鉄道爆破」ともなれば〝鉄道を守る〟という大義名分のもと、大手を振って出動したに違いない。けれども「鉄道独立守備」とは、もともとの意味は「専守防衛」で、守りに徹するはずのものなのだ。

けれども、鉄嶺での話として、そのことについての話は聞いていない。鉄嶺での逸話といえば、その頃すでに住民も利用できる満鉄図書館があり、後に「赤城の子守唄」で名を馳せた東海林太郎《しょうじたろう》が図書館長をしていたという。父が同じ早稲田大学の先輩に当たるというので訪ねてきたこともあったそうで、後にわが家には珍しい流行歌のレコードが一枚存在することにもつながった。当時の鉄嶺の写真を見ると、ネグンドカエデの街路樹がととのい、赤煉瓦の日本人小学校が建っている。筆箱の持主である姉はこの小学校へ入学して、平和な日々を過ごしていたのだろう。図書館や並木や学校からは、日本人が新しい街を作り、満洲事変よりも前に、ある程度まとまった日本人の社会を形成していたことが知られてくる。

洋銭のことの流れから、姉の話は城内へのお出かけのことになって、

「これくらいの小さな、リリアンの房のついたビロードのバッグをもってね、とっても嬉しくてね、金融組合の満人のボーイさんに馬車で城内に連れていってもらったのね。だけどその時、城門のところに血のついた首がぶら下げてあって……」

と、子どもの眼に映ったなまなましい鉄嶺での体験話になった。

斬った首がさらしてあるのは、日本に抵抗するとこうなるぞという見せしめなのだと、同

行のボーイさんから聞かされたのだという。

これは初めて聞く話だ。そういえば、この鉄嶺だったか、それとも次の四平街《シヘイガイ》という町だったかで、わが家は警察署の隣にあり、留置されている中国人が責められてあげる悲鳴やうめき声が聞こえたということは話には知っていたが、それは、この「日本に抵抗すると……」ということと結びつけて理解しなければならない話だったのだ。

父の書き損じの履歴書の断片が出てきたので調べてみると、父が鉄嶺金融組合理事として赴任したのは一九三〇・昭和五年七月末ということになっている。とすると、満洲事変よりも前に、はやばやと満洲金融組合聯合会という組織が日本によって作られて、活動していたということだ。しかし、その早手まわしに比べると、統一した新貨幣への切替えで洋銭を回収する仕事が、満洲国建国から三年後の一九三五・昭和十年になってまだ続けられているというのは少し時機としてずれているように思われるが、どういうことなのだろうか。

父のいた金融組合の仕事についても知りたいし、一九三五・昭和十年に新貨幣による洋銭の買い上げをやっていたことの意味も調べてみたい。

けれども、父も母も亡い今となっては、どうやって手がかりをつかめばいいのだろうか。

父の最初の足どりは朝鮮銀行だから、そこからたどるといいだろう。父の遺品の懐中時計には1912と金文字が嵌めこまれたメダルが付いているが、これは父が早稲田大学商学部を卒業した年次を表していて、すなわち朝鮮銀行に入った年と考えていいだろう。父の卒業証書を見たこともあるが、卒業年月までは覚えてはいない。それでも卒業証書には学位（商学士）を認めるといった一項があって、そこに並べられた多くの教授たちの署名のなかには永井柳太郎や大山郁夫のものがあることは、父がそれをさし示したので覚えている。

それにしても、一九一二・明治四十五年に朝鮮銀行に入ったとは、一九一〇・明治四十三年八月に韓国併合をして間もない時期なので見過ごしにできないように思われる。朝鮮銀行はいつ設立されたのだったろうか。

二番目の姉から、朝鮮銀行について書いてある『日本経済新聞』「私の履歴書」の切り抜きを見せてもらったことがある。勝田《ショウダ》というかつて親子二代で朝鮮銀行の中枢にかかわった人物の息子の方が書いたものだったが、それはすぐには引っぱり出せなかった。今では、このような記事は、図書館に行けばすぐに検索できる道が開かれているようだったが、私はそこで足ぶみしていた。——個人の歴史の側面から見ることは、それはそれで大切だし、藁をもつかみたい心境の現在、それを追い求めたいけれども、その前に、なんとか客観的叙述によるものを捜したい、と考え直したのだった。

いろいろアンテナを張ってみるまでもなく、六十年来の畏友栗本伸子のところへまっすぐに行くべきだった。彼女の卒業論文は朝鮮東学党の研究だったそのうえに、今では「四方《しかた》朝鮮文庫」の整理、保管の仕事を引き受けていた。「四方朝鮮文庫」というのは、かつて朝鮮の京城帝国大学で教授として教鞭をとり、朝鮮経済史の研究に重点を置いた経済学者四方博の蔵書が基礎になった個人図書館で、栗本伸子は四方博の下の娘なのだ。

朝鮮の金融にかかわる書物は、見やすく整理されていて、朝鮮銀行に関するものだけでなく、東洋拓殖株式会社（東拓）、朝鮮殖産銀行や、思いがけずも金融組合関係資料まで揃っていた。金融組合については、たとえそれが朝鮮金融組合のものであっても、似たりよったりの成り立ちや運営をしているはずだった。私は、まず次の三冊を選んだ。

『朝鮮銀行二十五年史』、昭和九年、朝鮮銀行
『朝鮮の金融』、昭和七年、朝鮮殖産銀行
『金融組合年鑑』、昭和十四年、朝鮮金融組合聯合会

そしてもう一冊、小さな農村の金融組合理事だった人物が、戦後かなりたってから書いた回想録を加え、借りて帰った。

日本銀行券と一対一の朝鮮銀行券を発行する中央銀行が正式に「朝鮮銀行」として発足したのは、父が就職する一年前の一九一一・明治四十四年だった。これはその前年の韓国併合を受けてそういう形になったのであって、その基礎は、すでに六年前に日本政府の息のかかる形で打ち込まれていた。自力で中央銀行を設立しようとして失敗した旧韓国政府が、一九〇四・明治三十七年、日本からの「保護」を受け、財政顧問に目賀田《めがた》種太郎《たねたろう》を迎えて就任させた。目賀田は、日本の一私企業である第一銀行に韓国中央銀行の役割を担わせ、銀行券発行の権限を与えた。その段階を経て、一九〇九・明治四十二年に「韓国銀行」が設立されたのだった。こうした経緯で出来た「韓国銀行」は、すでにその設立資金内容において、さらに深く、その存在目的において、日本政府が韓国経済界を牛耳《ぎゅうじ》る要因を内在させていたので、韓国併合条約が調印された後は、そのまま業務を引き継いで「朝鮮銀行」と改名すれば足りるような実態になっていたのだった。

「朝鮮金融組合」もまた、併合より早く、旧韓国政府財政顧問の目賀田の方針で、一九〇七・明治四十年に作られている。

朝鮮銀行が日本銀行券と一対一（すなわち朝鮮銀行券が通用するところどこへでも——後には満洲どころではなく中国大陸までも日本銀行券が形をかえて進出できることを見通して

いる）と等価の朝鮮銀行券を発行して、それを統一通貨とするということは、それまで朝鮮の各地域で通用してきた金融慣行や、複雑な銀本位の取引きを廃するということだった。また、金融組合が、中農を中心に組合員を組織して組合員への資金調達を目的とすることは、これによって、それまで利息が滅法高かった個人の高利貸金融の地獄から、多くの農民を救うようにも見えた。

回想録を読むと、大学を出たばかりの人間がいきなり農村の小さな金融組合に赴任し、朝鮮語を学びながら、その全生活を組合の仕事に捧げて、土地の朝鮮人たちによろこばれ、その友情は、日本の敗戦の後も続いていることが示されたりしていた。

これらの資料を読んでいくと、読んでいる私自身が資料の側に身を寄せていきそうになるのが感じられた。

通貨の統一は朝鮮の近代化に役立ち、高利貸を必要としなくなることはいいことのように思われもした。しかし、ほんとうにそうなのだろうか。

日本の植民地支配がもたらした、民族の破壊――日本語強制、民族服の禁止、創氏改名（日本名の強制――それは単に姓名を変えるということではない。本貫《ほんがん》という自分の属する系譜を大切にする朝鮮人にとって、改名はその本貫を破壊されることにつながるので、はかり知れない苦痛を与えていた）、皇国臣民の誓詞強要、強制連行による強制労働、従軍慰安婦など、数々の暴力的で凄絶なまでの政策について、私たちはすでに知らされており、これらが日本の朝鮮の人々に対する重大なあやまちであることは、現在ではだれも否定することはできない。

その一方で、植民地化によって「近代化」が促進されたことについては、肯定的あるいは恩恵的にさえ考える傾向がある。けれども、もっと奥深く、朝鮮の、朝鮮人自身による近代化の芽を圧殺し朝鮮経済を破壊してしまったことについて、私たちはどれだけ考えを及ぼしてきただろうか。通貨の統一を一つとってみても、急激で強制的でもある変化は、極端なひずみをひきおこし、人々の生活をひきつれさせ、ずたずたにしたのだった。

梶村秀樹の『朝鮮史』（講談社現代新書、一九七七年）を取り出して開いてみる。梶村は一九八九年に死んでしまったが、三つ年下のいとこ甥だ。従兄の息子にあたる。この人には『朝鮮における資本主義の形成と展開』（龍渓書舎、一九八五年）もあって、この方が金融関係については詳しいかも知れないが、未見である。

〈日本政府は、「保護国」という形態で朝鮮を支配下におくための基本方針と、具体的方策を閣議決定した。それにしたがって同年［一九〇四・明治三十七年］八月には、第一次日韓条約を強要し、朝鮮政府内の枢要な部署に日本人「顧問」を送りこんで、実権を掌握させた。とくに、財政顧問となった目賀田種太郎は、さっそく「貨幣整理事業」と「財政整理事業」に着手した。前者は朝鮮の貨幣体系を日本のそれに従属させるためのもの……〉とあり、そして〈将来の［日本の］独占資本の本格的進出にそなえて条件を整備〉したあと、「土地調査事業」にとりかかり、近代的な土地所有の確定を押し付けて、所有権確定からはずれた土地を、軍隊や警察などの武力によるおどしを背にして取り上げていったことが述べられている。

「貨幣整理」はそれらの第一歩だったのだ。

『朝鮮銀行二十五年史』の方を見ると、朝鮮銀行は朝鮮のみならず、その業務を満洲にものばしていたが、「満洲事変」が起こると、〈同地金融界の動揺混乱を防ぐは固《もと》より、進んで帝国の権益を確保することに力《つと》〉めている。朝鮮銀行は「満洲国」成立以前にすでに満洲における日本側金融中枢機関となっていたのを足場にして、「満洲国」ができるとすぐに、行員中から設立準備委員を転出させて「満洲中央銀行」の設立の中心になったのだった。ここでもまた、幣制統一、通貨安定を名目とした新幣制が公布され、同時に「旧貨幣整理弁法」が出来る。銀本位だった満洲の旧貨幣は、たとえば、東三省官銀號、黒龍江省官銀號、邊業銀行、遼寧四行號などなど、いくつかの地域の銀行がそれぞれに発行したものでそれぞれの価値は均一ではなかったので、定められた換算率に従って回収された。その期間は、満洲国建国直後の一九三二・昭和七年〜一九三四・昭和九年六月の二年間に定められたが、期間後に未回収分がかなりあったのだろう、期間をさらに一九三五・昭和十年六月までのばしたことが判明した。

父のトランクで運ばれた洋銭は、この最後の時期のものだったのだ。期限の延長についてこの二十五年史では、〈期限後未回収分に対しては所持者の利益を保護する為〉と述べられているが、なかなか交換に応じることができなかった中国人の側からみれば、それでもなお、応じたくない気持が強かったことであろう。

ところで、朝鮮銀行に入った父はどうして金融組合に行くことになったのだろうか。銀行からの派遣といったような横すべりではなかったらしい。世界恐慌の波は朝鮮銀行をも例外にはしなかったようで、父は一九二八・昭和三年八月に退職している。人員整理によるものだったのだろう。当時としてはまとまった額の八千五百円が退職金だったが、すぐに次の職があったわけではない。『金融組合年鑑』を見ると、一九二九・昭和四年九月に「満洲金融組合聯合会」が出来ているから、少し時をおいて金融組合に職を得たのだった。同じ時期に朝鮮銀行を退職した幾人かが同じ道を選んで金融組合に入ったということだ。

一九二九・昭和四年に出来た満洲金融組合は、一九三二・昭和七年の「満洲国」成立の後、満洲国所在の組合と日本の租借地である関東州所在の組合が分離して、「関東州金融組合聯合会」ができたことが『金融組合年鑑』に記されている。この事実からはじめて、満洲の鉄嶺四平街を経て関東州の普蘭店に転勤した父が、「関東州金融組合」に所属することになって、その後再び満洲にある金融組合には転勤にならなかったわけが納得いくことになった。

考えてみれば、私の家族の暮らしというのは、このような父の仕事の上に成り立っていたのだった。砂上の楼閣という言葉があるけれども、大地そのものでもある砂の上ならばまだよい、もっと危うい薄氷の上のものだったのではなかろうか。

他国の人々の、まさに血と脂汗の上に築かれた生活は、個々の人間が中国人にどう対したかを問う以前に、存在そのものが罪であることに気づくのは後になってからだ。それを思うと心が震えだすのだが、もう取り返しはつかない。

そのうえでそれでもなお、私がその地で育ったことは事実であり、私の小さな歴史のはじまりは、そこにしかないのだ。朝鮮で育った作家小林勝は「懐かしい」ということを自らに徹底的に禁じることで、我が身を切り刻んだのだったが、それはあまりにも痛ましいやり方だった。私も、「懐かしい」だけで書くことはやめようと思う。けれども、中国の大地が何を自分に与えてくれたか、それをしっかりとよく見届けておこう。それが、育《はぐく》んでくれた風土への感謝と謝罪の表現になるのではないか、と思うのだ。

泥砂はひきしまっていて海辺の雑草がへばりついているので、その上を歩く時は砂浜のように足が沈みこむということはない。広っぱをそのまま海の方角へいくと、一番手前にはプールがある。プールは小学校のものだが、休みの日にはおとなたちも泳いでいる。あのプールはどのくらいの大きさだったのだろう。子どもの眼でとらえた大きさの印象というのは、おとなになって実際を見てみると、思っていたより小さいことが多いものだ。ともあれ、矩《く》形《けい》のプールの長い方を縦に行くと、小学校一年の子どもが安心して立っておられる深さから、おとなでもやっと首が出るくらいまでに、だんだんに深くなっていって、一番奥のプールサイドには簡単な飛び込み台が設けられていた。

今になって気づいたのだが、囲いもないし番人もいなかったけれども、このプールで土地の中国人が泳いでいるのを見たことはなかった。上海租界の公園のような「犬と中国人はいるべからず」といった立札があったわけではないから、その立札が必要ないほど、いつの時期にか、日本人専用ということをよほど強く示したことがあるにちがいない。

プールが塩田の片隅に設けられているのは、塩田に注ぎ込むためのものと同じ導水路から海水を引きこむことにしたからだろう。夏のはじめ、プール開きの前には、小学校高学年の子どもたちが水を抜いて大掃除をする。コチやはぜなどの小魚がバケツ何杯分もとれるということを話に聞いて羨ましかった。プールの導水口には栈《さん》がしてあったから、少し大きな魚ははいってこられなかったが、小さな魚は人間と一緒にプールで泳いでいたことになる。プールに浸《つか》って首だけ出していると、手足の長い小さなエビがピョーン、ピョーンと水面を打つように目の前を跳ねていくのが眺められたが、それは、あっというまのできごとだ。

胸にヒマワリの付いた毛糸編みの海水着（これも姉たちからのお下がりだ）を着た小学校一年生の私は、担任の先生に導かれてこのプールで初めて泳ぎを学んだ。息を吸って顔を水につけ、力を抜いて手足を伸ばすと、からだは自然に浮かぶ。そのままの姿勢で足をバタバタさせると前に進むので、顔をつけたまま息がつづくかぎりのひと泳ぎだけは出来るようになった。けれども、その後の私の泳ぎは、この段階からほとんど進歩していない。

一番最初の子どもであり、たった一人の男児である兄がその頃結核を患《わずら》っていたのだが、それは小学校の時に、急に気温がさがる夕刻までプールで遊んでいて風邪をひいたのが引き金になっての発病だった、と母は信じこんでいたので、放課後や休日に子どもたちがプールに行くことをなかなか許さなかった。——泳ぎが進歩しなかったのは親のせい、のように私は思っていた。

ところが、親のせい、とばかりは言えないのかも知れない。考えてみれば、小学校入学が一九三九・昭和十四年、翌年は昭和十五年の「紀元二千六百年」に当たるわけで、その奉祝行事のために、小学校の体育は時間を割《さ》いた。まず校庭の石拾いにはじまり、そこを裸足で分列行進するなどの集団演技訓練に力が注がれるようになっていった。プールへ行くとなると、小学校からは守備隊の丘の林を通り抜け、フンコロガシのいる線路脇の道から、泥砂の広っぱをわたって行くのだから、時間的なゆとりが必要なのだが、体操の時間を水泳に当てるなど、のんびりしたことは考えることもできなくなっていたのではなかろうか。それに衣料品も切符制になり、戦時下の物資不足がはじまっていて、小学生の海水着を新しく手に入れるなどという時代ではなくなっていたことも加わっている。

プールの先は塩田だった。かなりの遠浅になっているので、海はずっと彼方にあって、そこまでは波の音も響いてはこない。この遠浅の地形と年間降雨量や湿度がごくごく少ない気候条件を利用した天日《てんぴ》製塩の塩田が広々とつづいている。当時の塩は煙草とともに国の専売だったから、ここの塩業会社も、いずれ日本の国家事業のうちだったのだろう。天日製塩の構造はどのようなものだったか、よくは知らないが、四角く区切られた塩田がいくつもあって、それらは風と太陽熱で、水分が自然に蒸発していくのを待っていたように思われる。海水はそうやって次第に塩分の濃度を高め、ついには塩の結晶をつくった。それらはかき寄せられ、さらに集められ、積み固められて小さな塩の山になった。ちょうど絵本にあるピラミッドのような形をした白い結晶の山が、塩田のところどころで見られた。

この塩田地帯には、父に連れられて、よくはぜ釣りに行った。連れていかれるのは下の三人にきまっていたが、子どもの方としては、あまり嬉しいことではなかったので、時には理由をつけて家に居残る者もいた。はぜ釣りのお供は、ちょっとはずかしい気持もあったのだ。よその家の小父《おじ》さんが投網《とあみ》を肩にかけて出かけるのを見ると羨ましかった。恰好がいいし、投網がぱあーっと拡がってたぐり寄せられると一度にたくさんの魚が獲れるのを、見て知っていたからだ。また、友だちのお父さんなどは、一人で波の荒い磯へ出かけてチヌを釣ってくるということだった。チヌは鯛の一種で、なかなか釣れないけれども、上等な魚らしかった。

それにくらべると、父は年から年中はぜ釣りで、大きな竹の魚籠《びく》二つがいっぱいになるまで釣った。そして家に帰った父ははぜの腹を裂きはらわたを除いた。そのうちの少しは衣を付けて天ぷらになる。食事をする部屋には婦人之友社の栄養分析表が貼ってあったから、母はいいカルシウム源として計算していたにちがいない。はぜの天ぷらはおいしかったが、中骨はもちろん頭ごと食べるように言われているので、子どもにはちょっと苦労だった。残りのはぜは、父と母が協力して七輪で焼き、干しはぜになったようだ。

父のはぜ釣りのお供が嬉しくなかったことの理由の一つは、父のいで立ちにあった。なに、これはイタリア製だ、というのだが、フエルト帽は型がくずれてつばがヘロヘロと波打っていたし、コール天のズボンも形がよくなかった。その次には釣りの餌が問題だ。出かけるとまずプール近くの塩田の縁辺の露《あら》わになった泥土を掘り、ゴカイ（沙蚕）を餌箱に入れた。ゴカイは十四、五センチの長さで、ムカデを大きくしたような（普蘭店のムカデは四、五センチだった）形をし、そのたくさんの足がゴチャゴチャとうごめくのだけでも気味が悪いのに、その色はまた、このうえない組み合わせをしていた。黒っぽい緑色のからだの中心を赤い線が走っており、その姿で、ひらひらと水の中を泳ぐのを見た記憶もある。

餌は父が付けてくれたが、餌を取られてしまうばかりで、なかなか釣れなかったから、こちらは、いつもすぐに飽きてしまったものだ。釣れても何にもならない小さなフグがかかると、竿の尻でつっ突いて腹がはじけそうに膨《ふく》らむのを眺めた。フグが腹を膨らませる瞬間というのは全く不思議な魅力があったから、それをやるとフグは死んでしまうと叱られても、やっていた。フグは毒がある、ほら、とびっくりするほど赤い色をした小さな心臓を見せてくれたのは、そこで出会った年上の少年だったかも知れない。

風が強い日は、塩田ではすさまじい唸《うな》り音《おん》が聞こえる。いつもよりいっそうおそろしいような、さびしいような唸りが激しいある日、下の姉と私は、とても我慢できなくなって、竿を放り出したまま水門の陰にしゃがんでかくれていた。すると、二人の目の前で、塩水が風にもちあげられ、ひねり上げられて小さな柱ができた。あっ竜巻！　大きな竜巻が魚ごと海水を巻き上げて行って遠く離れた町に魚を降らせるという図を絵本で見て、とても信じられないでいた、その竜巻の小さいのが目の前で巻き上がったのだ。この竜巻を見たことは、二人の共有の宝物のようなもので、ね、あの時竜巻を見たよね、ほんとだよ、と二人でうなずき合っては家族に自慢することになった。（竜巻の逃れようもない怖さを知るのは大人になってからだ。）

あのはぜ釣りのお供は、いやいやついていく、といったものだったけれども、今になってみれば数々の記憶の宝庫にもなっている。

千鳥、なべ鶴、さぎ、鴨、おしどり……いろいろな種類の鳥が、塩田はいくつもあるのに、ある一角に集まっているのを見た。今でも瞼《まぶた》に浮かべることができるのに、そんな光景は、ひょっとしたら夢の中で見たものであったかも知れないと思ったこともある。全く、部分だけが妙に鮮明な情景というのは、夢の情景の記憶ということもあり得るのだ。

けれどもこれは、幻ではなかった。普蘭店小学校同窓会誌（七号、一九九二年）の座談会記録がそれを証明してくれた。もう一つ、よごれた布を張った大きな風車の記憶も幻でなかったことが、その記録ではっきりした。この風車のことについては、最近になって、富田砕花が「風車しほ汲みしほ汲み廻りゐて光り倦《う》まざる風にしありける」（第二歌集『白樺』、関東州塩田、昭和九年）と詠んでいたことを知った。風車が塩田にあったのは、何も不思議なことではない、風力を利用して、海水を汲み上げて塩田に引き移す装置だったのだ。

してみると、風車のそばにロバの粉ひき小屋があったのも、ほんとうのことだったのだ。もっとも、ロバの粉ひきは、そこでなくとも遠足で中国人の集落を通るときなどに幾度もみている。

ロバの粉ひきというのは、大きな石臼をロバが碾《ひ》くと考えればいい。直径一メートル半ほどの円形の石の台があって、その上をテニスコートで使うようなローラーを動かして、高粱や玉蜀黍《とうもろこし》などの穀類を粉にするのだが、ローラー軸の内側は円形の石臼の中央の心棒に接続し、外側はロバに結《ゆ》わえつけられている。石の台の円の外縁を目隠しされたロバが一日中ぽくぽくと歩きつづけると、粉がひかれる仕掛けになっている。ロバはエンドレスの道を歩かされているのだが、そのロバも日暮れには目隠しをはずして仕事を終えるらしかった。

これは、日本人から見れば一つの風物詩に見えたのだろう。小学校の『満洲小学唱歌』には、

粉雪さらッさらッ
粉雪さらッさらッ
里の粉屋は日が暮れて
ロバの目隠しはずす頃
粉雪さらッさらッ
粉雪さらッさらッ

というのがあったし、姉たちが歌うので覚えてしまった女学校の歌には

粉屋ロバさんは

朝は早うから
せっせ精を出す
働き者
石臼はまわる
音も朗らかに
ゴローゴローゴロー
粉ひきロバさん
だまりだまり

という輪唱曲があって、これはゴローゴローゴローがバックになり、うまく響きあうようになっていた。

このような歌の文句は、日常のすぐ隣でくりひろげられた風物から生まれたものなので、歌っていても情景が目に浮かび、気持にもぴったり感じられたのだった。

「粉雪さらッさらッ」は歯切れよく歌うことになっていたのだが、気温が低いので、雪はほんとうにさらッさらッだった。小学校二、三年の頃の国語の教科書で、雪の中を傘をさしてゆく小父さんが登場してびっくりしたものだ。雪とは払えばさらりときれいに落ちてしまうものだったから、傘などさす必要はないのが普通なのだ。

このような風土の中で育つ子どもたちの感性や精神は、親とは異なったものを形づくっていたに違いない。それでも、どこの家庭でも、父や母は日本の風習や感性を大切にして暮らしていたはずだ。

我が家でも、父も母も季節の折り目折り目の年中行事を律儀にやっていた。たとえば、寒冷地の一月七日に七草なんぞどこを捜したってあるわけはないが、それでも「ナナクサ、ナズナ、トウドノトリガ、ニホンノクニヘ、ワタラヌサキニ、トントコトン　トントコトン」と唱えながら俎板《まないた》の上で菜を刻むことを子どもたちも覚えるような生活だった。

庭には、毎年、球根を掘りあげたり、種子を採取したりして、グラジオラス、ダリア、百日草、鳳仙花、エゾ菊、立ち葵、おしろい花、コスモスなどの普通の花が咲いていたが、その他に桔梗《ききょう》、おみなえし、吾亦紅《われもこう》、かるかや、すすきなどが秋の月見のためのものとして植えてあった。庭の桔梗は換気扇の風車のような形をした蕾《つぼみ》をたくさんつけていた。蕾は開くまではきっちりと密封されていて、指先でつぶすと、はじける時にポンッと爽快な音がしたものだ。面白がってポンポンさせていると、これをやると花の形が悪くなるのだと母に止められた。

母の禁止事項の最大は、ほおずきだ。庭には四ヵ所にほおずきが植えてあったが、そのうちの一ヵ所だけはまわりにサボテンの鉢を並べて子どもたちが勝手にとらないようにしてあった。

サボテンの夕方に咲きはじめる花は、見ているうちに開いて清らかな香りを発散し、翌朝にはしぼんでしまうはかなさ美しさを教えてくれたものだが、そのトゲは長くて勁《つよ》くて強烈だった。このサボテン鉢の列を子どもの脚でまたいで、ほおずきを取ろうとすると、たいていは失敗して、脛《すね》にトゲが刺さり泣かなければならなかった。ほおずきは小学校三年生になっていた最初の女の児が死ぬ時に、息をひきとる寸前まで手にしてはなさなかった、ということで、八月半ばすぎの命日まで、そこの一群のほおずきだけは手をつけてはいけない約束になっていたのだった。私などが生まれる以前に死んだ姉（長女）に対する母の深い思いだけは承知しながらも、その囲いの中のほおずきは、禁じられることで、いっそう取りたくなった。私は今でもほおずきが好きなのだが、ほおずきを手にするとついでに、会ったこともない姉や、その姉に深い思いを抱いていた母に思いをはせることになってしまう。

花といえば、子どもたちで誘いあって南山《ナンザン》に花摘みに行くことがあった。「人さらい」が出るから遠くに行ったらだめよ、という親の注意は上《うわ》の空《そら》で聴いていたが、親からすれば、口にはしないが中国人の土地を我が物にしていることからくる不安が、現実味のあることとしてそう言わせていたのだろう。南山には日本の神社を作り、桜を並木にし、忠霊塔を建てていた。ということは、ここまでは日本人の領域にしていたということなのだろう。

南山には季節ごとにいろいろな花が咲いた。翁草《おきなぐさ》、ねじアヤメ、河原なでしこ、桔梗、おみなえし、吾亦紅、つりがね草など、摘んだ草花は小さな手に握って家へもち帰った。ねじアヤメは葉がねじれたようになったもので、山のどこへ行ってもこれだけはあったから、あるのが当たり前のように感じていたが、今思えば夢のように思われる。なでしこは、あれから以後、折れてしまいそうな茎をした野生のものを見たことがない。花を求めて山を歩きまわると、必ず野なつめの長いトゲにひっかかれた。ひっかき傷はもちろん、スカートや袖のあたりにたくさんのカギ裂きをこしらえては、母や姉たちを嘆かせることになった。姉たちの嘆きは自分たちが大切に着てきた洋服をだめにした、というのだ。野なつめのたくさん生《は》えているあたりには、日露戦争の時代にロシア軍がこしらえたものだというコンクリート製の溝のような塹壕《ざんごう》があって、その上を跳び越えるのが遊びの一つでもあった。

南山からの帰りがおそくなった時など、ふもとのルーサン（紫苜蓿《ムラサキウマゴヤシ》）畠の広っぱを、ひと群れの羊が斜めにつっきっていくのに出合った。二、三人の小孩《シャオハイ》が時々鞭《むち》で空を切りながらうまく誘導して家に帰るのだった。飼料用だというルーサンの畠は畜産組合が試験的に植えたものらしかったが、出来の悪いまま放ってあったので、子どもたちは畝《うね》のでこぼこが邪魔になるだけの広っぱのように遊び場にしていたし、羊がそこを通路にしても文句は出なかったにちがいない。メエメエとうるさく鳴き声をあげる羊の一群が過ぎていくのを、ちょっとの間よけて待っていると、そのあとには、小粒でコロコロした羊のふんがころがっていた。

ある夕暮れに、ふと振り返ったひょうしに、見たこともないほど大きな月を見た。南山の東のふもとから月は上がろうとしていて、中国人のお寺の廟《ビョウ》の屋根が両端の鴟尾《シビ》のせいかゆったり反《そ》りかえるようなシルエットをくっきりさせていた。

羊の群れにしても廟にしても、中国の人々の生活の一部分だった。この南山のあたりは、中国人社会と日本人社会がまじり合いながら、ぼんやりした境い目になっていたのかも知れない。

父が金融組合という、中国人との接点にあたる仕事をしていたせいか、そもそも日本人が少なかったせいか、遊びの場はいつも中国人たちとの境い目あたりだったような気がする。

遠くから賑やかな楽隊の音が近づいてくると、遊びを放り出して通りへとび出した。葬式の音楽と嫁入りの音楽は違うということだが、まだ聞き分けはできなかった。どちらも、荷馬車の荷台の上にチャルメラやドラや胡弓《こきゅう》（二胡《にこ》）などの楽手を載せていた。葬式の時は、黒っぽい長衣の腰や、中折帽子のリボンに白い布を巻いているが、この喪中のしるしの白い布は葬式のあとも喪があけるまで付けているということだった。中国人の葬式には、涙を流し洟水《はなみず》を地面まで長く垂らす泣き女がいると話には聞いていたが、道を通り過ぎてゆくだけの時はやらないらしく、一度も見たことはない。面白いことはなにもなかったが、それでも必ず走っていって、ぽけっとして（親が死なないようにと、親指を中に握ることだけは忘れなかったが）眺めて見送ったものだ。

嫁入りの行列はなにかしら楽しく華やかだった、といっても、一行の中心に、細やかに金糸銀糸をあしらった縫いとりのある赤い輿《こし》があるだけだ。中の花嫁さんを一目でいいから見たかったが、無理矢理のぞくのは悪いということはわかっていたらしく、悪童たちもいたずらはしなかった。中国人の写真屋のショウウィンドウには、薄紅や空色黄色で彩色した花嫁の写真が飾ってあったから、きっと、あんな花嫁さんが中に坐っているのだろうと想像して、それだけで楽しいような気になって満足したのだ。

葬式や嫁入りの行列は通りを過ぎていくだけのことだったが、高脚踊り（六、七十センチの接ぎ木の高脚の一隊が笛、ドラ、チャルメラの楽隊とやってきて、華やかにおもしろおかしく踊る）や雨乞いの一行は、金融組合の前あたりでは、ちょっととどまって、ひと踊りしたり、気勢をあげたりした。きっとご祝儀《しゅうぎ》も出たのだろうが、金融組合の職員は三、四人の日本人を除いてみんな中国人だったから、親しみもあったのだろう。雨乞いには水をかけてやるのが縁起がいいのだと、さかんにぱっぱっと水を振りかけて盛り上げていた。

金融組合の近くの事務所には胡弓を弾く中国人の事務員がいた。打ち水をした夏の夕方などに、いつまでもいつまでも胡弓の音色が聞こえていた。

ドラの音は、今でも一つ響いただけで、心がわんわんわんと共鳴して騒ぐし、胡弓の音を聞くと、なにかやるせない気持を誘われる。家庭では、父が謡曲や、おつきあいだという長唄をやっていて、それはそれで耳になじんではいるのだが、なんといっても、ドラや胡弓やチャルメラの音の方が心の奥深くまで響いてくるのはこんな音の環境に育ったせいだろう。

とはいえ、残念なことに中国の歌はほとんど知らず、心にぴったりする歌は、小学校の「満洲小学唱歌」につづいて、女学校の満洲を題材にした歌なのだ。これは、日本人が勝手に満洲情緒としてうたったものなのだが、それでも美しい歌が多かった。

女学校の歌は、私自身が女学校へ入学した一九四五・昭和二十年四月は、戦争もどんづまりの時期で教室での学業などはなかったから、知っている歌というのは、すべて四学年上になる中の姉が、帰省してきた夏休みに歌っていたので覚えた。上の姉や下の姉が一緒に歌うこともあったし、私も輪唱に加わることもあった。

娘娘祭《ニャンニャンさい》（疱瘡《ほうそう》の神であり、子授け安産など女の願いごとを引き受ける女の土地神で、この祭の日を目ざして遠路娘娘廟に集まる人々の馬車で道がおしあいへしあいになると聞いていた）の歌は、小学校の唱歌にもあったが、「楡《にれ》の若葉の風薫る／窓に衣《きぬ》縫う小娘が／針の手しばし休めつつ／指折りてみぬ幾日にて／娘娘祭来たるかと」という歌詞の女学校の歌の方が、はるかに心に沁みるものだった。「いかだは凍りて動かぬ川の、岸辺の木立ちに風吠えて、痩せたる犬の争いながらに駆けゆく野末に雲低し」という歌と、「弦月あわく更《ふ》くるとき、をちこちより名も知らぬけものの吠ゆる声聞こゆ」という二つの別々の歌をつなげて歌うと、読んだことはないくせに、ちらっと目にしたことのあるバイコフ（ニコライ・A・バイコフ。白系ロシア人の作家、満洲の密林のトラを主人公に『偉大なる王《ワン》』を書いていた。黒澤明監督の映画「デルス・ウザーラ」の原作者）の書いた、「虎」のいる北の果ての川べりや林の木立ちが、ひとりでに思いうかぶのだった。

けれども、こうして歌詞を文字に表してみると、そのほとんどが文語だったことに気づかされる。文語のせいか、その意味を深く考えることもなく調子に乗って歌っていたものもある。

満洲の歌ではないけれども「美しき」という歌には張りつめたような、澄みきった美しさがあった。

この歌を覚えたのは、小学校、といっても一九四一年四月から国民学校となったその翌年、四年生の時だったように思う。

はじめのころ、一番の〈カミの子〉を〈神の子〉だなどと思っていたのだが、だんだんと〈カミの子〉は〈上の子〉であり、二番三番で〈中の子〉と〈下《シモ》の子〉がうたわれることがわかってきた。またユミトリィテーは〈弓執りて〉、タチハキィテーは〈太刀佩きて〉であることは理解できてはきていたが、歌の意図するところなどについて考えてみることなどはいっぺんだってなかった。

美しき　わが子やいずこ
美しき　わが上の子は
弓執りて　君のみ先に

勇みたちて　別れゆきにけり

上の子も、中の子も、下の子も、三人の息子がそろって「君」のために戦《いくさ》の場に出ていった、それを母が歌っている歌なのだということに思い至ったのは、ずっとずっと後になってからで、この歌が女学校の教科書にあったことを思うと、「軍国の母」といった強面《こわもて》のすがたではないだけに、息子を差し出す心情が美しいものとして育つように準備されていたのだったかと、今になって身震いを覚える始末だ。

女学校一年のときに敗戦になり、この歌詞、このメロディーは音楽教室で学ぶ機会を失ったし、その後に聴くことはなかったけれども、やがてメロディーの方はスコットランド民謡の「スコットランドの釣鐘草」として再会する。

安野光雅の『歌の風景』（講談社、二〇〇一年）を開くと、

美しき　わが子やいずこ
美しき　いとしきわが子
しるべなきみ　はるかの国へ

はるばると　旅たちにけり

と歌詞がつけられている。我が子の旅立ちに心くだく母の歌ではあるが、一番二番三番ともに第一行は〈美しき　わが子やいずこ〉となっていて、訳詞者は野口耽介とされている。あの「美しき」と全く同じ第一行だ。同じ訳詞者が戦後になって書き直した、逆にいえば、あの「美しき」の歌詞はこの人が書いたものだったと考えていいのではないかと思う。

スコットランド民謡のもとの言葉を調べようとまでは思わないが、ともしび歌集『うたの世界』にのっている「スコットランドの釣鐘草」は、

1かぐわしき　春の来たれば
美しく　花は咲きたり
わが胸に　愛の光は
夢のごとく　訪れそめぬ

2なやましく　甘き調べは

風にのり　流れゆきたり
愛らしき　小鳥の歌は
汝が心を　語りてくれぬ

と、いかにも民謡らしく花と恋の歌詞になっている。

それにしても、歌は厄介なものだ。「美しき」の歌詞がいかなる性質のものであるかを知り反発を覚えたあとでも、あのメロディーには、あのウッークシキでうたうのが、もっとも心に響くものと感じてしまう自分から、私は抜けでることができない。

冬近き巷
山査子《さんざし》売りの老頭児《ロートル》
リーゴ　リーゴ　糖葫蘆児《タンホーロ》
ホデ（藁苞《わらづと》？　串？）に連らねし赤き実に
舞い立つ埃　吹きすぐる　吹きすぐる

という歌は、晩秋のなじみの風景をとらえている。乗物も荷車も馬にひかせていたので、道には馬糞がころがり、乾いては埃になって強い風に吹き上げられた。食べ物もその風の中で売っているが、リーゴ＝糖葫蘆児《タンホーロ》は、山査子《さんざし》に砂糖蜜をまぶしたものだから、飴でべたべたした表面にはとりわけ埃が付きやすかった。かんざしのように藁苞《わらづと》にさしこまれた串刺し糖葫蘆児は、赤くてつやつやしておいしそうに見えるうえに、リーゴ、リーゴという売り声もよく響いたので、一度でいいから食べたかった。片手で鼻を押さえてプッと洟水《はなみず》をとばしたその手でさわられるのを嫌って、饅頭《マントウ》や焼餅《シャオピン》を買うのでも、自分の手で取りあげて包んでくるような母親が、このように売り歩くリーゴ＝糖葫蘆児を買ってくれるはずはなかった。買ってー、とねだると、あれは見た目だけでほんとはまずいものだとか、また今度ねとか、うまくはぐらかされてしまっていた。そしてついに「また今度」は、永遠にやってこないことになった。こうして、食べ物に執着する私の魂だけが、普蘭店を訪れ、糖葫蘆児《タンフウル》をさがし求めることになる。駅前の屋台のあたりには、豆乳の湯気がほやほやと立っていて、そのもやのむこうに、中国人の労働者たちがむらがって、大声でしゃべり、笑い声をあげ、ひとときの幸せをむさぼる光景が見えている。私も首を突っこんで、出てきた時は、片手に湯気のあがる豆乳の湯呑み、もう一方に揚げたねじパン油条《ヨウティアオ》を持っている、これをかわるがわる口へ持って行きながら、普蘭店の街をひとめぐり、糖葫蘆児売りのおじさんをさがし求めて歩く。ちょっと思っただけで魂はたちまち際限のない旅をつづけそうになる。これも食べ物の恨みの怖さのうちなのだろう。

それにしても、歌の中のロートル（老頭児《ラオトル》）やタンホーロ（糖葫蘆児《タンフウル》）は、いかにも日本語化した言葉を堂堂と通用させており、逆にリーゴは日本語のりんごが中国人に使われるもので、植民地の言語の特徴はいろいろな場面であらわれていた。

普蘭店小学校は、私たちの学年でいえば男女あわせて四十人ぐらいだったから、一学年は一学級しかなく、全校あわせても二百五十人ぐらいの小さくてまとまりのある学校だった。この子はウチベンケイで、と母がよその人によく言っていた。そばで聞いていると、なんとなくこちらの誇りを傷つけられるようなことらしい。その「内弁慶」とはどういうことなのかよくはわからないが、家では負けずぎらいのくせに、学校へ行くといくじがないということらしかった。もっと出来る子のはずなのに、と他の子どもたちにおくれをとっている私のことを歯がゆがっていたのだ。小学校に入学してみると、まわりの子どもたちは、てきぱきしていたし、勝ち気な子がいたし、絵でも、習字でも、鉄棒でもうまい子がいたし、男の子のように元気な子もいて、そんな中で私はぼオーっとしていた。背だけはずば抜けて高かったので、教室での席は一番うしろだし、並んで順番になにかをする時は、最後にくっついておればいいのだった。私の場合は、家でも五人兄妹の最後だったから、これが普通だったのだ。考えてみれば、同級の女の子で先に立っている子は、みんな家でも「長女」だった。

一年生から三年生までは同じ先生が受持ちだった。この先生は、なかなかいい先生で、とにかくみんなが先生を大好きだった。子どもたちが先生を好きになるということは、子どもたちがいやおうなく自然に伸びていくということのようだ。算数などは、ほとんど遊んでいるうちに学んでいた。学校でまとめて買い入れた、個人個人の箱にはいった算数教具でも、この先生はばらばらに解体してそうした遊びの道具に活《い》かしていた。「自分の」とちょっとだけ未練はあったけれども、こうした教具が、使いこなされないで箱におさまったまま学年の終わりに返してもらうこともあることを下の姉の場合をみて知ってもいたから、それよりはいいとなっとくしていた。

国語の時間でいちばんよかったのは、一つの題材が終わると、必ず「思ったこと」を帳面に書き付けたことだ。読本《とくほん》をゆっくり読み返して、ちょっとでも感じたことや気づいたことがあると、思いつくだけ全部を箇条書きにした。「感想文」などと言われると鉛筆がすくんでしまうところだが、感じたままを書けばよく、たいていの文章を「……だなぁ」という感嘆の表現で書いていた覚えだ。帳面を出すと、先生は、そのいちいちを読んで赤いペンで思いきり三重丸四重丸をつけたり言葉を書き入れて返してくれるのが、子どもたちにとっては張り合いとなった。

放課後などに、先生が時々白いブルゾンを着て絵筆を握り、地図の模型に色をぬっていたりする姿をみかけたことがある。また休み時間に校庭で遊んでもどってくると黒板に大きな白鳥が描かれていてアンデルセンのみにくいアヒルの子を読みきかせてくれた。図画は、先生の得意な時間だったらしい。その時代の図画の時間は、戦後の美術教育で子どもの創造性を伸ばすことが重んじられるようになったことからは考えられないような、お手本があってそれをそっくりに模倣して描くことだったり、写生を中心にしたものだった。その点、私たちは、生活場面の、学校菜園の作業、買い物ごっこ、ウサギ飼育などを描いた。これは戦後の児童画でいわれることになる「思想画」だった。ある時はデザインなどということも学んで、私はサルカニ合戦をテーマに、おにぎり、かきのたね、サル、カニ、ウス、蜂などを配した図案を描いており、母をおもしろがらせた。たまに上等な画用紙が手にはいることがあったのは、戦時下の物資不足のせいで、とっておきの紙を子ども用にまわさざるを得なかったからだろう。変わった判型で、白のほかに、ベージュ、グレー、黒などの色画用紙があり、この色の紙の出現によって、それまであまり使うことのなかった白やグレーのクレヨンを生かすことなども覚えたのだった。

後年になって再会した先生に、現在の私が文章を読んですぐに反応するのは、先生の「思ったこと」の成果だと思う、と伝えると同時に、あの図画教育のやり方は、あの時代の教育の中では、やはり特別だったのでしょうね、と訊ねてみると、熊本の師範学校時代には美術科専攻で、自由画ということを考えていたという答えが返ってきた。師範学校の学生時代の考えを、そのように教育の場で実践することができたのは、ひょっとしたら、植民地の小学校という場であったればこそだったかも知れない。

また、「社会科」という教科ができた戦後ならば、だれでもが当たり前にやっていた、校外学習のようなことも経験している。街へ行って中国人の商店にぶら下がっている看板を帳面に描いてくるように、というのでみんなで散り散りに中国人街に出かけた。はじめてよく観察してみると、薬屋、酒舗、両替屋、質屋など、軒先にぶら下げられた看板の形は、それぞれの商売を表す独特のものだった。今でもはっきり覚えているのは質屋の看板で、正方形の板の一つの角を頂点にしてぶら下げると菱形のようになる、その中央に大きく「當」という文字が肉太に書かれている。その時に「當《タン》」とは質《しち》のことを表す文字だとおしえられたのだが、実のところ「質」がどういうものなのかは知らないままに覚えたのだった。その他は、酒舗はぽこぽことくびれたような形の真鍮《しんちゅう》の壺の底に赤い布がひらひら下げてあったな、とか、両替屋はたしか糸巻みたいな分銅の形をしていたようだ、とかぼんやり思い浮かべるだけだ。どういうわけか、何度も前を通ったり、のぞいたりした薬屋については、まるきり覚えていない。甘いお菓子が不自由になりかけていたからだろうか、ニッキをしゃぶることが子どもたちの間で流行したことがあった。ニッキというのは、京都の堅焼きの「八ツ橋」に似た形をした桂皮（肉桂）のことで、中国人の薬屋に行けば買えるということだった。桂皮は、しゃぶると甘いような辛いような味でいい香りがしたが、あいにく、私は小遣い銭というものを持たされていなかった。ニッキがほしいな、ニッキはここにあるのか、とのぞいてみると、いろいろな薬のまじり合った匂いが漂ってきて、奥には、抽出《ひきだ》しがいっぱいある黒くてどっしりした戸棚があるのがわかった。薬屋を表す看板に覚えがないのは、店の中に気をとられていたせいかも知れない。

——と、ここで私のペンは前に進まなくなる。先ほどから私の前に立ちはだかっているものがあるのだ。

このように日本人の子どもたちは、中国人の地域との間の目に見えない境界線を自由気ままに往来したにもかかわらず、小学校へ行くより前から、群れ遊んでいた子どもたちの間で覚えたはやし言葉が突然のように立ち現れてきたからだ。

ニーデ　ションマ　カンホージ　ヤーメンチュイデ　サンピーケー

いままでにもいったいなにを叫んでいたのか考えてみたことはある。この前半は〈おまえ、なにをしでかしたのか、役所に行けば……〉ということになる。だが〈サンピーケー〉とは何であろうか。いままではそこで行きどまっていたが、この際はっきりさせておこう。どうせひどいことを言っているにきまっているはずだから、いくらなんでも中国人の友人にたずねることなど、とてもできることではない。そこで、俗語にもくわしそうな小学校以来の友人に恥をしのんでたずねてみると、「サンピーケー、鎗斃給だね」という答えが返ってきた。〈你的什麼干活計、衙門去的鎗斃給〉、ちゃんとした言葉にはなっていないが、後半は〈役所に行けば銃殺だぞ〉ということになるのだ。

いずれどこかの大人が子どもに、じょうだん半分に教えたものだろうが、子どもたちの間の遊びの場でひろがっていく。父親も母親も知らないところで、日本人の子どもが、中国人にむかってこんな言葉を叫んでいたのだ。

こんなことを遊びの一つにしていたのだ。

遠くに行ったらいけないよ、おそくまで遊んでいたらいけないよ、人さらいが出るから、などと注意はされていたけれど、幼い子どもたちだけで野山に花摘みにでかけるような場面でも、だれもさらわれることもなかったし、襲われることもなかった。

中国人はじっとじっと耐えていたのだ。

〈役所にいけば、おまえなんか銃殺だーい〉なんて叫んでいる子どもをひっつかまえて、口に指を突っこんで引き裂きたいぐらいの気持を、じっと耐えて時機を待っていたのだろう。

そしてこのようなことが日本統治下では数えきれないほど積み重ねられていたのだ。

四年生の一学期だけ受け持って姿を消した先生もいた。子ども心に、なんだか卑しいと感じたのは、こちらが傲慢な子どもだったのだろうか。それでも、親の職業を知って特別扱いをしようとするところは、子どもでも、感心できない、と思ったのだ。それまで出会った先生には、そういうことはなかった。四年生ぐらいになると「人格」などという言葉を覚え、その言葉のさし示す内容にも目ざめる敏感な年ごろだったのかも知れない。

次の先生は、尊敬できる人、となぜかいきなり感じることになった。ある日、休み時間が終わって教室に戻ってみると、黒板いっぱいになにかが書いてあった。「雨ニモマケズ　風ニモマケズ　雪ニモ夏ノ暑サニモマケヌ　丈夫ナカラダヲモチ　慾ハナク　決シテイカラズイツモシズカニワラッテキル　……　サウイフモノニ　ワタシハナリタイ」、みんながそれぞれに声に出して読んでいった。子どもなりにわかる詩だったし、なにか感動するところがあった。それは宮沢賢治という人の詩で、詩を読んで感動したはじめての体験ではなかったかと思う。自分たちの学年だけが受持ちの先生から教えてもらったこの詩を暗誦しながら、みんなの気持はぐっと一つに束ねられていったような気がする。先生の家へ遊びに行くと、小さな子どもがいて、白木のおしゃぶりのようなものがころがっていた。手にとって、なんにも模様のないこの不思議な形のものを眺めていると、「こけし」というものだと教えてくれた。はじめて見るものだった。

それから五十年ほどたって、二人の先生が傘寿《さんじゅ》、級友たちが還暦を迎えるのを機会に、一緒に東北の旅をした。毛越寺《もうつうじ》、平泉中尊寺、花巻温泉をめぐって、花巻では宮沢賢治記念館が組みこまれていた。「雨ニモマケズ」を教えてくれた先生は岩手県の人だった。それはもちろんよく承知していたのだ。にもかかわらず、花巻の地を踏んではじめて、あの詩は、子どもたちに教える材料である前に、先生の青年時代を支えるなにものかであったに違いないことを感じとることになった。郷土を愛する詩人にして、岩手の農業の改良に挑んだ宮沢賢治が死去した時、この先生は二十歳の青年だったのだから、同じ時代を同じ岩手に生きていて、その影響を受けていないわけはないのだった。子どもたちが、「雨ニモマケズ」に感動したのは、先生自身が真摯《しんし》に宮沢賢治に対した、その反映であったかも知れなかった。

それでも子どもは子どもだったのだ。「雨ニモマケズ」と元気な声で暗誦するとき「丈夫ナカラダヲモチ」にも、そのまま元気さがつづいていた。けれども、記念館にはこの詩が病床で書きつけられた手帳が展示されていた。「丈夫ナカラダヲモチ」というのは、病床で心のうちから搾《しぼ》り出した悲痛なつぶやきだったのですねえ、と傍にいた先生に話しかけずにはおられなかった。先生はうんうんとうなずいて応えてくれた。

旅では時間がゆっくり流れてくれるので、この合い間に、この先生が岩手を出て満洲へ渡ることになったわけを聞くことにもなった。生活綴方運動は「紀元二千六百年」(一九四〇・昭和十五年)の年に最終的に弾圧を受けるのだが、運動に共鳴していた先生もまたそのつながりで取り調べを受ける。そのようなことがあると、周囲から危険視されてその土地で教師をつづけることはむずかしくなる。そして一方に、「満洲へ満洲へ」といいことずくめのように宣伝し駆り立てる風潮がある、ほんとうは満洲で何がおこっているのか、この眼で確かめたい、という気持があったのだという。こういう教師をそれと知っていて、知らぬ顔で受け入れる土壌も、植民地にはまだあったようだ。

あの時はドギマギしたよ、というのは、大きなからだをした女生徒（節チャン）が、先生に抱きついた時のことだ。岩手のつつましい女生徒にくらべると、植民地の子どもたちは、開放的で明るくて、それもびっくりしたことの一つだったようだ。

五年生になると、学校の中の通訳資格のある先生が、中国語の授業をやってくれた。六年生までつづければ、簡単な会話ぐらいはできるようになるはずだったが、ふだんは、日本語で通じていた。

級友の中には、中国人の于《ウ》君、劉《リユウ》君、崔《サイ》君、寥《リヨウ》さんがいたが、どの子も少し年上のようだった。その他に、具原英子という日本名の朝鮮人がいた。今思えば具《ク》英子《ヨンジャ》さんという本名を創氏改名したのだっただろう。学校の中では、日本語に不自由する子もいたが、子どもたちの間に、わけへだてはなかった。

どういうわけか寥さん具原さん私の三人が一緒に休み時間をすごすこともあった。寥さんは時々、とてもこわい顔をして私の耳たぶに爪をたてた。ギリギリと本気でやるので涙が出そうなほど痛い。私の気持が具原さんの方に傾きすぎないように、激しく警告を発しているのだ。寥さんのそのやり方の中に、私はよくはわからないながら成人した女の嫉妬のようなものを直観させられていた。

父の金州《キンシュウ》への転勤で、五年生の二学期のはじめに、別れの挨拶に行くと、この二人だけが、私に別れのしるしをくれた。寥さんは上等な綿のチェック柄大判ハンカチ、具原さんは薄い絹の漫画柄ハンカチだった。絹のハンカチは実用的ではなかったので、今でも手許にあるが、具原さんの親は、娘にこんなハンカチを買い与えていたのだな、よほど可愛がっていたのだな、と思うのだ。けれども、この日本人学校で学んだ級友たちは、日本の敗戦後、どういう運命を引き受けなければならなかっただろうか。いずれ地主の家の子であったわけだし、そのうえ、日本人学校で学んでいたとあっては、その将来が苛酷でないはずはない。

私が普蘭店を去ってまる二年の後、一九四五・昭和二十年八月二十四日、普蘭店では敗戦直後の、日本人に対する中国人の暴動が起こる。関東州での暴動は、普蘭店だけだったといわれていて、煽動する人間がいたという説もある。あるいはまた、ちょうど「満洲国」と

「関東州」の境で、治安の管轄が分けられたために、境界に近い普蘭店で治安が行きとどかなかったのだという説もある。いずれにしても、この時までに積もりに積もった日本人に対する恨みや怒りの爆発だったのだ。その時普蘭店に住んでいた日本人が特別に悪かったのではない。それまでの日本人に対する怒りの全部をひき受けて決済を文字通り血債しなければならない、最前線に立たされることになってしまったのだった。命を失った人もいる、産褥《さんじょく》の床についたまま暴動にあった人もいる。家財のすべてを失い命だけは許されて普蘭店を立ち退《の》いた人々は、私の級友たちその家族、先生たちでもあり、もしかしたら私もその中の一人であった。

日本に帰ってから、はじめて再会の場をもつまでに四十年が必要だった。ばらばらになり、暮らしもまた大変だった。あーあ、生きていてよかったー、こうしてまた会えたんだものねー、といちばんの仲良しだった友だちが言ってくれたとき、うなずきながらも私には返すべき言葉がなかった。「あーあ、生きていてよかったー」という言葉の重みを、私は共有してはいないのだ。敗戦後、決してぬくぬくと暮らしたわけではない。けれども、私だけは、級友たちが中国人の憎しみを最前線でぶつけられている時に、普蘭店をはなれてしまっていてそれを免れていた。そのことを中国人にも、級友たちにも詫びたいという気持を、私の心の底から消し去る日は、これから先もずっとないだろうと感じている。

「私の履歴書」の切り抜きはその後、中の姉から送られてきた。筆者は朝鮮銀行の流れを受けた日本債券信用銀行の名誉会長勝田龍夫で、『日本経済新聞』一九九一年四月に掲載されている。朝鮮銀行にかかわる分は少ないが、勝田の父親主計《かずえ》は一九〇九・明治四十二年に韓国銀行が出来る時には韓国銀行設立委員となり、さらに一九一五・大正四年に二代目の朝鮮銀行総裁となって、その十カ月たらずの在職中にはハルピンや営口《エイコウ》など朝鮮銀行の満洲進出を具体化させるなど縁が深い。勝田龍夫自身は一九三七・昭和十二年に朝鮮銀行に入ったのだが、それ以前の朝鮮銀行が、第一次大戦後の不況と関東大震災によって大欠損を出し、苦しい経営だったことが述べられている。それに世界恐慌が追い討ちをかけたであろうことは充分推察される。その苦しい経営は〈満洲事変で立ち直り、満洲国に進出して、二十の店舗を構え〉た後、一九三六・昭和十一年末には満洲国政府と朝鮮銀行の折半出資で満洲興業銀行をつくって店舗を譲り渡す。そしてこの満洲撤退の代わりに中国河北省に冀東《きとう》銀行を設立する権利を得たこと、そして、盧溝橋事件が起きると〈華北に進攻した日本軍は、軍費の支払いに朝鮮銀行券を使用することになった〉ことなど、勝田の文章は、朝鮮銀行が軍隊より早く進出して、その地ならしをしていたことを証明し、一九三四・昭和九年に出版された『朝鮮銀行二十五年史』のその後を補うものになっている。

くるみ

くるみの実には、なんのうらみももってはいない。単に、そのくるみが金州《キンシュウ》の、というだけのことだ。そして、その金州にもなんのうらみはない。しかし、このくるみを見ていると、戦時下の金州での生活がじわじわと姿をあらわすことになるのを、どうすることもできない。

「あれッ、これ響水寺のくるみ？　私が拾ってきたもの？」

と、姉の筆箱の中からつまみあげてたずねると、姉はかぶりを振って自分が拾ったものだという。あそこでくるみを拾ったのは私一人だと思いこんでいたので、それをとうの昔にどこかへやってしまった自身のことは棚にあげておいて、少しがっかりする。いきなり「響水寺の？」といったのは、いかにも野生のものといったその細長い形からで、そのうえ、私たちに共通の記憶の中では、くるみの木といえば、響水寺のものがたった一本あるだけだからだ。

道教の寺なのか、門に掲げられた大きな額には「響水観」と書かれていたが、いつもは響水寺と言いならわしている。本堂の脇の洞窟からは絶えず湧き水が流れ出し、水の源を求めて洞窟を奥へ進んでみようとしても、途中せまくなったところで引き返してくるよりほかなかった。冷たくて清らかな湧き水は、境内の庭をめぐった後、門の脇の塀の外側に突き出した大きな竜の口から、下の谷川へ吐き出されていた。私のくるみの実はといえば、その谷川まで降りていって拾ったものだった。見上げると、くるみの樹はとても大きかった。繁った葉が、風のさやぎで光をちらつかせ、間から高く青い空をのぞかせたのは、遠足の季節だったからだろう。

金州は歴史のある街でもあり、日清、日露戦役にかかわる戦跡地でもあったから、普蘭店小学校からも幾度か遠足でいくことになっていた。高学年になると金普突破といって金州まで歩き通す鍛錬的遠足が用意されていたが、低学年のうちは汽車で行って、そこから歩きはじめることになった。

関東州では一番高いという海抜七〇〇メートルほどの大和尚山に登り、山頂近くで唐王殿を見学し、ふもとにおりて朝陽寺、響水寺を訪れるというのが一つのコースだ。「唐王殿」

というのは、三年生用の『満洲補充読本』に、「鰌《どじょう》の築いた城」という伝説が載っている。——唐の太宗が金州まで遠征してきた時、どじょうが竜にしてほしいと皇帝に願い出た、一夜で城を築くことができたならかなえてやろうと口から出まかせに条件をだすと、ほんとうにどじょうは一夜で築きあげてしまいそうな勢い、そこであわてて一計を案じ、ものまね上手な者に一番鶏のときを告げさせた、朝が来たと思ったどじょうは逃げだし、城は仕上がらないままの形で残っている、というものだ。立派な城のようなものを想像していたのに、唐王殿は石を積み重ねただけのあっけないものにしか見えなかった。どじょうの伝説とは別に、古い歴史がかくされているのだろうと、子ども心にちらと思いはしたものの、その形を思い出すことはもうできない。目に焼きつくほどにていねいに見ておけばよかった、と今になって後悔するばかりだ。

しかし、しっかり見ておこうと意識しなくても、なにげないものが、むこうの方からとび込んでくる場合だってあるのだから、嘆くのはやめておこう。

大和尚山をくだってから二つの寺に立ち寄った。朝陽寺と響水寺だ。響水寺は有名な寺だから、朝陽寺の方は、まさに足のついでに立ち寄っただけなのかも知れない。寺の中まで入った記憶もないが、寺のかたわらの広い池が水を満々とたたえて、深い色をみせていたことに加えて、そこに水蓮らしい花が浮いていた印象が鮮烈に残っている。ときどき思い浮かべるのだが、今ではほんとうに見た風景だったのかどうか心配になってもいる。夢で見た風景だったのだろうか。夢の中では、ときどき同じ風景が出てくることがある。朝陽寺の風景を語る人に出会うこともなく、たしかめることもできない今は、もしかしたら幻、と心配になるのだ。

響水寺の方は、多くの人々の思い出の中で語られる。平和な時代には、あの湧水をひき入れたプールがあり、夏は林間学校を楽しんだようだから、金州小学校（国民学校）はえぬきの子どもたちには思い出の宝庫のようなところだろう。戦時下に転校して行った私の場合は学校から響水寺に行ったのは一九四四・昭和十九年六年生の春、訓練の一つとしての飯盒炊《はんごうすい》爨《さん》演習のためだった。りんご園の脇道を、遠くにあんずの花の咲くのを眺めながら行った記憶だ。

金州遠足のもう一つのコースは、戦蹟めぐりと地獄極楽の見学だ。

遼東半島の先端部に旅順・大連があり、少しのくびれがあって半島がひろがり満洲大陸部につながる、そのくびれた要衝の地に金州の南山があった。高さ一〇〇メートルというからここは、遠足は、この丘の攻防で激戦となったのだという。遠足は、ここで戦蹟記念碑やロシア人墓地を見た後、三崎山《サンサキ》へ向かう。こちらは、日清戦役の直前にこの地にはいり軍事スパイとして捕えられ処刑された山崎、鐘崎、藤崎を記念して付けられた山の名で、碑も建っていた。

遠足のさなか、ここでどしゃぶりの雨に出合った。三崎山などを見学にきた日本人の小学生たちなのに、ふもとの中国人は親切にも雨やどりをさせてくれ、温いオンドルのある部屋にあがってやっと人心地《ひとごこち》がついたものだ。

雨があがると、北門近くの地獄極楽見学である。年上の子どもたちから聞かされていたので、地獄にはこわいもの見たさの期待があった。天斎廟で地獄を、永慶寺で極楽を見たはずなのだが、極楽については記憶にない。地獄はやはり強い印象だった。それは（後に見ることになる「立山曼荼羅図《たてやままんだらず》」や「北野天神縁起《きたのてんじんえんぎ》」のような）絵図などではない。金棒をもった獄卒である鬼も、鬼に追われて責苦《せめく》を受ける人間どもも、みんな人形で、地獄の場面を見せつけていた。――炎に追い込まれて焼かれる場面、針の山でからだを刺し貫かれている場面、両足を別々にひっぱられて股裂きされる場面、生きたまま（?）胴をのこぎりで挽《ひ》かれる場面など、人々の叫びがきこえてくるような生ま生ましい場面を見学した。芥川龍之介の「蜘蛛の糸」で、地獄から逃げ出そうとした男の話があったけれども、だれだって逃げ出したくなる地獄だ。悪いことをすると陥る地獄とはこんなおそろしいところだよ、という戒《いまし》めも、教訓としてはわかるが、小学校の四年生では悪いことといっても、それほどの実感があったわけではない。そのうえ、おそろしがって見ながらも、どこかでそれを疑ってみていた。想像上のものだという気がしていた。

たしかに想像上のものにすぎない。しかし、今これを書き連ねていると、胸が痛んでくる。後になって明らかにされてきた日本軍の中国大陸でのさまざまな蛮行は、まさにこの地獄をこの世でくりひろげたものだったという事実に突きあたるからだ。

生きた人間を焼き、妊婦の腹を切り裂き、幼児を串刺しにし、生きた人間の全身の皮をそのままの形で剝ぎとり、村ごと皆殺しということを、日本の軍隊はやったのだ。それらを、時には勇気を示すかのように、時には面白半分の興味のためにやった。人間このおそろしきもの、戦争が人間を狂気に変えた、ということもできる、しかし、「聖戦」の名がなかったら、もしも「天皇陛下のおんために」という大義名分がその後楯《うしろだて》になかったら、人はここまで人間らしさを失い、この世に地獄を実顕させてしまうことなどできなかったのではなかろうか。

中国にも『蜀碧《しょくへき》』などという書物があって、むごたらしい刑罰の方法が記録されているから、天斎廟の地獄場面も、想像上のものというだけではなかったのかも知れない。人民共和国になった現在は、取り毀《こわ》されてしまった、ということだ。

天斎廟は北門外にあったのだが、この北門とは金州城の北門のことだ。日露戦役で南山攻略の指揮をとった乃木希典が「山川草木転《うた》た荒涼、十里風腥《なまぐさ》し新戦場、征馬進まず人語らず、金州城外斜陽に立つ」と詠んだことで、金州城の名は、少しは人に知られている。この詩は、乃木の息子もふくめた多くの兵士たちを死なせた直後につくられたものだという。斜陽というのだから、金州城外とは西門の外なのであろう。南山を眺め、斜陽をうけて立ちつくす乃木の姿が思いうかぶ。

ところで金州「城」という言葉から、人は何をイメージするだろうか。日本の「城」のように、城主や側近、家来たち、そしていざとなれば戦闘要員がたてこもる「城」ではない。紫禁城など皇帝の住居も城というが、これは城の中にある城であって、金州城にしろ南京城にしろ、城壁に囲われた城郭都市を意味しているのだ。中央に関帝廟などが祀られているにしても、基本的には人々の暮らす住居や商店を囲い込んで、外敵の襲来がある時は城門を閉めて、人々と町を守るように出来ていた。城壁はかなりの厚みがあって、城壁の上の部分でも幅が二メートルほどあったろうか。さそりがいるという噂があったが、そこに登ってみると、敵を迎え撃つように外側を少し高く築き銃眼の孔が設けられていた。金州城の場合、周囲は約四キロメートル、高さは八メートルほどの小さなものだ。東西南北、それぞれの門は、外側にもう一重、城壁をふくらませて二重がまえの門になっていた。今から数えれば六百余年前に築かれたものだというから、古さということでは、南京城と同じ程度のものだ。

ちなみに南京城の方は、一国の都であった歴史もあるわけだから、規模はくらべようもないほど大きい。周囲の全長三十三キロメートル、城壁の高さは十四〜二十一メートル、門は十八カ所に設けてあったという。現存する城壁は、もはや町を囲い込む構造を失って、二十一キロメートル。日中戦争開始後まもない一九三七・昭和十二年十二月の日本軍による南京大攻撃の砲弾が容赦ない破壊をしたうえに、雨風による腐蝕も進み、加えて崩れかけた部分から住宅建設資材として煉瓦をはずして失敬していく人々もいて、現在修復保存の方向にすすんでいるという。

金州城の方は、今はもうあとかたもないと伝え聞く。自動車の排気ガスが、焼きの甘い煉瓦である塼《セン》の腐蝕を早め、崩れる危険があったので取り除いたのだという。城壁を除かれた街は殻を失ってしまった蝸牛《かたつむり》のようなものだろう。囲い込まれたところに、ある安心感があったわけで、城内に住んでいた人は、さぞ心細い思いを味わったに違いない。『満韓ところどころ』の夏目漱石は立ち寄っていないが、金州城があったせいか、大町桂月、田山花袋、与謝野晶子といった文学者が訪れたようだ。南門の二重になった城壁の内側に、三角帽に金モール大礼服の仁丹広告などが貼られていたが、正岡子規の歌牌もあった記憶だ。歌には全く覚えがないが、「城中の千戸の杏花咲きて関帝廟下人市《ひといち》をなす」というのだったかも知れない。

五年生の二学期のはじめ、金州国民学校へ転校してみると、ここでも一番のノッポだった。五年生女子のなかでもずば抜けて背が高かったので、なにか落第生のような肩身のせまさを感じたものだ。

高等科も設置されているこの学校は、生徒の数も多く、五年生は女子組が一組に男子組の方は二組あった。生徒の数が多いということは、住む人が多く、都会であることを示してもいた。昔からある中国人街である「城内」に住む人、満鉄連京線の金州駅近くに日本人街としてできあがった「新市街」に住む人、そして線路をわたったむこうには「内外綿」の人たちがいた。

新市街に、満鉄、民政署、警察署、学校といったところの勤め人の家族が住んでいるのは普蘭店《フランテン》と同じだ。金州にはこの他に、日本人の写真屋、洋服屋、呉服小間物屋、本屋、保険取次店などがある。これらはどれもこれも戦争のせいで、みんなさびれているようにみえたが、軍隊に納める漬物をつくっているという大きな工場は活気があるようだったし、夕方になると芸者さんらしい人が出入りして華やいでみえる料亭もある。

勤め人が中心だった普蘭店から来てみると、金州にはどんな仕事をしているかわからないような人もいたし、普蘭店ならば任期の間在住するだけで通過していった高等官といわれる役人の幾人かが退官後そのまま住みついているのがわかった。町の有力者といった人がいる大人社会があって、それが子どもの世界に影を落としているのが、子どもたち同士の話題や話のしかたのなかになんとなしに感じられていた。

内外綿とは、上海にも進出していた日本の大紡績会社の金州工場だ。社宅が工場近くにかたまって作られており、内外綿の子は、学級の中でもひとまとまりで独自の関係をみせていた。

巡回映画会など、普蘭店であれば、自分たちの行く小学校や、近くの中国人公学堂の講堂で催されたので、全く自由なものだったが、金州では、内外綿が催しているのか、内外綿の講堂へ観に行くことになる。そうなると、部外者のようで肩身がせまい。それでも、「姿三四郎」「無法松の一生」などの劇映画や、「或日の干潟」のような文化映画は、ここで観ることができたのだった。それらが比較的新しく、また意欲的に制作された映画だったことを知るのはずっと後のことだ。

国民学校は、どの区域からも少し離れた場所に建っていた。新市街の子どもたちは、街のいちばん端にある中国人の雑貨屋のあたりで、中国人がふいごを使って火を起こす様子を眺めたり、冬には中国人の子どもが、水たまりにできた小さな氷の上の木のコマに鞭をあてて上手に廻すのにみとれたりしながら、いつの間にか一緒になる。少しいくと、右手から線路をわたってやってきた内外綿の一団と合流する。橋を渡り、製氷会社の長い塀のかたわらを過ぎると畑地がひろがっている。見通しがよかったから、高粱《コウリャン》などではなく白菜畑かなにかだったのだろう。畑の間を縫ってくるほんの小さな流れで、女たちが三、四人、平たい石の上に洗濯物を置き、砧《きぬた》を振りおろしては打ちつづけている。この洗い方は朝鮮人のものだ。帰り道では中国人の女たちが洗濯するかたわらを通ることもあった。近道をして学校近くの中国人墓地を通り抜けるときだ。墓といっても庶民の墓だから、土盛《ども》りをした土饅頭《どまんじゅう》といわれる墳墓だ。時にはきらきらと飾りのついた差し物がしてあったり、供物《くもつ》が置かれていたり、新しく土盛りされたものもあった。そこを二、三人で抜けきると、往きに渡った橋の川の下流あたりに出る。中国人の女たちはここで洗濯をしていた。あひるが泳いだり、子どもたちが遊んだりする川だ。

秋が終わる頃、そのかたわらの棗《なつめ》の木の梢の方に、とり残された赤い実がついているのを見つけ、石を投げて落とす競争をした。もちろん、落とした実は食べる、もう残りものだからだろう、中国人の女たちも子どもたちも、とがめたりはしない。

幼い頃にひっかき傷やスカートのカギ裂きをつくった野棗は、棘《とげ》ばかり長く、背の低い灌木で実も小さい。こちらの棗は立派な樹木で実も大きくおいしい。そのまま食べるより、干した物を密封し、甘い蜜が出てきたものを料理に使う。「支那料理」(これを食べたと人に告げるときは得意さが自然とこめられたし、おいしさに対する敬意もあった)のコースの最後に出てくる甘いもち米御飯の上に、干し棗は他の干した果物といろどりよく並べられていて最高だ。しかし、「支那料理屋」になどめったに連れていってもらえるものではなかった。

そういえば金州時代にはついに一度も行けなかった。

川のほとりからちゃんとした舗装道路にあがる。金州城南門と金州駅を結ぶ、まっすぐな幹線道路で、馬車《マーチョ》、荷馬車、自動車、バスが時折通る。両側には歩行者用の人道《ジンドウ》が設けてあり、車道との境い目に植えられたアカシアは並木になっている。この道を少し駅の方へ向かうと右側に父の勤務先の金融組合がある。向かい側は小さな公園緑地で、その奥に少し小高く車寄せもある金州民政署があった。家は、金融組合と隣り合って大通りに面している。といっても、組合の建物、住居ともに普蘭店にくらべるとかなり貧弱なものだ。本来の理事社宅はどうなったのか、引越した住居は、二軒つづきの家の一部をぶち抜いて一軒にしたもので体裁もよくないし、庭も狭い。草花栽培を楽しむ時代ではなかったにしても、家庭菜園もままならない狭さだ。窓の下あたりに紫色のライラックがあって、庭の隅に草叢《くさむら》のように繁っているのが薄荷《はつか》だということにわずかに慰められる。薄荷はなるほど、葉を千切るとハッカのにおいが立った。脇の三角地になった日当たりのよくない空き地には、前の住人が植えた赤い茎、八つ手のような葉ぶりのヒマがあった。ヒマの実は、銀と黒のまだら模様の奇妙な豆の形をしていたが、もともとは下剤のヒマシ油をこの実から採るのだという。けれども、この頃、ヒマの栽培が奨励され、その実を供出するのは、これが飛行機の燃料になるからだということだった。

そういえば、ライラックだって、初夏の美しい花房やよい香りを楽しんでばかりはおられなかった。この葉をやわらかいうちに摘み、陰干しして供出せよというのだ。これは軍隊が胃腸薬として使うのだという。

狭い庭の真中には、小さなスペースしかなかったが、それでも、父が中心になってこつこつと時間をかけて防空壕を作った。結局は一度も使うことにはならなかったのだが、中はじめじめと暗かった。

防空壕は、そのころの気分を象徴するものだ。四方八方からじわじわと締めつけられるような心持がして、ひとりでにいじけていた。

金州では、級友たちが競って歴代天皇の名を暗誦していた。

普蘭店はあまりにも伸び伸びしていたのかも知れない。その普蘭店から転校したばかりの私は、気おくれする一方で、妙な意地のような気持からこの暗誦に挑戦することをやめた。そんなのやれるにきまっている、だけど、みんながもう完成してしまっていることをおくれて始めるのは口惜しい、というような気分ではなかったろうか。今ではもうはっきりしないが、意地を張っていたことだけは覚えている。

転校して間もないころに、級友たちの目を少しみはらせるような面を披露することになった。金州市の日本人国民学校と中国人公学堂合同で体力測定大会が催された時のことだ。同じ学校の六年生女子は全くふるわなかった。なかなか強い中国人の女の子とはりあいながら、とうとう、転校してきたばかりの五年生の私が百メートル競走、走り幅とび、三段とびの三種目で一位になってしまった。あっけないような結果だったが、賞品はもっとつまらなかった。とても使うことはなさそうな、ボール紙に織り目の粗い赤布を貼り、水鳥が泳ぐ図柄が白で描かれた画板。それを三つもらってしまったのだ。

その頃、ほしくてたまらないものがあった。はじめて行った本屋で見つけた『木蘭《ムーラン》従軍記』だ。本屋はさびれていて、これといったものは見当たらなかったが、この本の表紙に描かれた凛凛《りり》しい男装の木蘭に心を惹かれた。中国の古い話らしかったが、男の子並みでありたいという、心の奥深くにある願望を、この木蘭の姿が刺激したのかも知れない。

新しい本を読みたい、という気持も強かった。ただ、私は小遣い銭というものをもっていない。したがって自由に買うという習慣をもっていなかったから、自分で買うことはできなかった。ましてや「これツケておいてね」なんて、そんな買い物の方法があることも知らなかった。

そして、親に向かって買ってほしいとわめくことも知らなかったらしい。私のできることは、母の財布から少しずつくすねてためることだった。スキをうかがって一円札を一枚ずついただいた。少したまって、もう買いに行こうという時に、母に発見され没収となった。財布から一円札がなくなることに親が気がつかないと思っていたところが考えの浅いところだ。

あまり責められることもなく、とにかく本だけは買ってもらうことができたが、思いつめたほど面白い本ではなかった。

旅順の女学校では休日前には図書室から本を借りることができる、でも面白い本はみんなが読むからなかなか借りられない、という話を姉たちがしているのを、わくわくするような思いで、やがて自分も、と聞いていた。鉄嶺《テツレイ》での兄が、前にもふれたように東海林太郎が館長をしていた満鉄図書館に入りびたっていて、学校で教えられることはもう知っていることばかりでつまらないという子になって困ったという話を伝説のように聞かされてもいた。普蘭店では、図書室というほどのものではなかったが、土曜日になると学校で本を借りることもできたし、友だちの家にあがり込んで夢中になって本を読むことができた。

金州国民学校には、ながい間あこがれてきた「図書室」があった。表玄関中央の立派な階段を昇り、おどり場で向きをかえると、見上げる形になる突き当たりに「図書室」があった。けれども、この部屋は暗く閉ざされているばかりで、部屋にはいって、本棚に並ぶ背表紙をひとわたり眺める機会さえも、ついにやってこなかった。

戦争が深みにはまっていくにつれて、学校図書室には閉鎖令が出ていたのだったろう。外国に関するもの、自由主義的なものなど、戦争遂行に邪魔になるものを子どもに読ませるわけにいかない、いちいち調べる手間などかけなくても閉鎖してしまえばいい、いつの時期かに、文部省はそういう命令を発しているはずだ。

家にある子ども向けの本は、兄や姉たちのおさがりで、だいたいはすでに読んでしまっていた。あとからそれがブリューゲルのものと知ることになる、大魚が小魚をつぎつぎに食う連鎖状の口絵までも。読むものに飢えて、姉の国語の教科書をひっぱり出してみたり、本棚にあった部厚い鶴見祐輔の小説『子』『母』を持ち出して目を通したりした。理解などできるわけもなかったが、ドイツで戦争がはじまって、バイエルンの薬かなにかで大儲けできるとよろこび合う場面が、不思議に思えてならなかったのを覚えている。マルセル・パニョルの『マリウス』『ファニー』なんていう本まで手をのばして、男が女の胸かざりに手をふれるふりをして胸をのぞく場面にドキドキした。姉の本の中には高村光太郎の『智恵子抄』や斎藤茂吉『赤光』などもあったようだが、大切にしていたらしく手は出せなかった。そのうち、忘れられたように積んである『婦人之友』の旧い号が宝の山であることを知る。「風と共に去りぬ」の最初の邦訳は、抄訳だったが赤井米吉の訳でこの雑誌に連載されていたのだった。スカーレットの誇り高くて苦しい恋心に胸をつまらせたり、メラニーのハート型の顔ってどんな顔だろうと想像できないのをもどかしく思ったりした。そのうえ、ならず者みたいで荒々しいバトラーに魅力を感じたりもしたのだった。その時はその時なりに全部わかったような気になって読みふけったが、同じ『婦人之友』のパール・バック「この心の誇り」というのは、さすがに理解できるものではなかった。一方で山本一清（?）という人の天文学の初歩は面白かった。同じ婦人之友社から出ていた『子供之友』でもいろいろな科学知識は与えられていたが、宇宙という存在、太陽系というものの中の地球ということを教えられて、人間存在ってなんてちっぽけなものなんだろうと気が遠くなったりした。その頃の星空はあくまで高く澄んでいたから、星空を仰ぐといよいよその思いは深くなった。

五年生のうちに初潮がきた。普通は女学校にはいってから、という時代だから、早熟だったのだろう。

そういえば、ずっと以前に、女学生だった上の姉が母と二人で金の模様で飾られた美しい小箱を間にこそこそ話していた。かくした簞笥《たんす》のひきだしを覚えておいて、すぐ上の姉と二人でこっそりと眺めてみたけれど、なんにも秘密らしいことはなかった。あれは「ヴィクトリア」という生理帯の箱だったのだ。けれど、いざその生理帯が必要になった私のためには「ヴィクトリア」が用意されることはないのだった。売ってもいないし、買い置きが用意されていたわけもない。私がそれほど早く初潮を迎えることになるとは、さすがの母も予想していなかったのだろう。上の姉が、水分をはじくようにとウール地を使って丁字帯を作ってくれた。この姉は、私が小学校二、三年生の頃にも、スケート靴でできたかかとの肉刺《マメ》がくずれた時に、かかとにぴったりはまるような具合よい繃帯を作ってくれたこともあった。それはとてもうれしかったものだが、今度の丁字帯はいやだった。級友たちのなかで、自分だけが丁字帯をつけなければならないこともいやで、屈辱的なことにさえ感じられていた。

特別な重荷を背負わされ、縛られ、不自由な身になったのだ。

物資不足は、生理帯がないだけでなく、脱脂綿の不足にも及んでいて、ついには古布で手当てしなければならないことになっていく。六年生になって転入してきた子にも生理があることが知れて、仲間がやっと一人できたような気がしたが、その子は一つ年上だった。そのうえ、父親が軍属だということで、その子は、ふんだんに脱脂綿を持っていた。

なにもかも理不尽このうえないことが、自分の上にだけふりかかっているようだった。

胸もふくらみはじめていた。異性としての男の子も、もう充分意識していた。というのに、六年生の六月七月ごろになると、戸外での全校訓練の時間がふえ、突然、男の子も女の子もパンツ一つのはだかで運動場へ出ることになった。

胸がふくらみはじめた女の子はクラスでも二、三人だ。そういうのに目をとめて、あからさまに指をさしはやしたてる一年下の男の子もいた。はだかを人目にさらすのさえもはずかしいのに、たえがたいことだ。

後になって、『毎日グラフ』明治百年記念号の広告が雑誌の耳に載っていて、そこに女の子がはだかで机のかたわらに立っている写真が添えられているのを見た。小さな写真版だから、注意する人などいなかったかも知れない。ただ、私は、はっとした。その子の、胸をすぼめるようにして立っている姿は、一瞬のうちに私を貫き、からだ中を熱くさせていた。

戸外での整列や行進の訓練、手旗信号やモールス信号の訓練に身がはいるはずはなかった。もしも、あの時親に訴えておれば、父や母は正面切って学校に抗議してくれたにちがいない。きっとそうしたろうなあ、と今になれば思うが、その前に、自分がそれを親に話すことに耐えられただろうか。子どもなりの誇りがひどく傷つけられていて、自分が受けている屈辱を話すことさえもできなかったはずだ。

とんだりはねたりが好きだった女の子は、いっぺんに心の病いにかかったようだ。ちょうどその頃、すぐ上の姉のツベルクリン反応が陽性になった。兄の結核で苦労を重ねたことのある父や母は、すべてに大事をとった。一方、その頃、陽転したばかりの者には、バターや牛乳が特別配給になった。物資不足の時代ではあったが、国も結核対策を国家的事業の一つとして取り組んでいたというわけだろう。

つまり、このなにもかも同じようにして育てられてきた姉だけが、急に大切に扱われることになったのだ。六年生と女学校二年生の違いはあるが、十八カ月違いのこの姉とは、年児《としご》ということになる。おそろいのセーター、レギンス、おそろいのハーフコートと、なにかにつけてそろいのものを着ることが多く、背丈も、ある時期には妹の方が追い越すなどほとんど同じ大きさで、妹である私は、同じ扱いをうけることを当たり前に思ってきていた。

また、幼いとき、二人の敷布団はくっつけて敷かれていたので、ねむりに就くまでのしばらくの間、境界線を越えた越えないで文句をいいあう関係だった。これがある時、これからは仲良くしよう、旦子《あさこ》と節子、二人の頭文字をとってアセ同盟にしようと、二人だけの盟約を結んだのだった。これは日独伊三国同盟の影響だから、一九四〇年ごろのことになるだろうか。

私も陽転したかった。陽転して同じ扱いをうけたかった。それに、陽転をすれば、体操は見学になる。あのはだかの時間からも逃げだしたい。

ツベルクリン反応の注射をしたときに、そこをこすり、なめ、爪を立て、なんとか赤くなることを願った。その結果、念願通り、赤くなって、陽性の判定を受けることが出来たのだった。あるいは、ほんとうに陽転していたのかも知れないが、多分、努力(?)の結果だったのだろう。

そうやって姉と同様に扱われたかどうかは、もう記憶はないが、体操の方は見学になった。はだかからは解放され、授業時間を抜けて近くの金州病院へ注射に通った。渡されていた金額から考えると、かなり高価なものだったのかも知れない。

「陽転した」私は、時々「熱を出して」学校を休むことにもなる。検温計を電球近くに寄せると水銀柱があがる、それを七度六分ぐらいの微熱にまで下げたのち、母のところに見せに行くのだ。ニセ病で学校を休むことが楽しかったからではない。重くるしい学校から逃げ出しただけで、休んでいてもウツウツとしているのだった。

このニセ病の天罰を一度だけくらうことがあった。六年生の冬、もう戦争の末期には、例年学校が冬期になると設備するスケート場も作られなかった。ところが、ある時雪が降って、それが一度に解けたあと堅く凍りついて、思いがけず運動場全体がツンドラ状態になる。みんなうずうずしていたのだろう、早速スケート靴をもち出してすいすい滑走し、はしゃいで、大いに楽しんでいた。私も滑りたくてたまらなかった。切ないほど滑りたかった。けれども、体操見学の身の上で許されるはずはないのだ。この時が、最後のスケートのチャンスだったことを思うと、いまだに残念さに胸がキリキリ締めつけられるのだが、全く自業自得《じごうじとく》というよりほかないことだ。

こんな内面の苦しみとは別に、子どもなりの小さな楽しみがなかったわけではない。けれど、ある時、そうしたささやかなものではない衝撃的に美しい体験をした。

一九四四年の春さきのことだったと思うから、五年生の終わり頃のことになる。朝、急にきまって、中国人の官立金州高等女学校へ、五、六年生全員が行くことになった。なぜ行くのかも知らないまま、雪が解けかかり、その水が土をもやわらかくして歩きにくくなった道を急いでいた。久しぶりに水分をふくんだ土は、独特のほこり臭いようなにおいをしきりに立ちのぼらせていた。

私たち二百人ほどの生徒は、中国人女学生たちと一緒に講堂にはいって、長椅子に腰かけ、なにかがはじまるのを待っていた。これから、出征していく大貫《おおぬき》先生が、最後のピアノ演奏をする、ということがわかってからも、私の中には特別な感慨はわいてこなかった。「ピアノ演奏」といえるほどのものをなまで聞いたことなどなかったのだから、期待や興味がわいてくるはずもなかった。

その人は、写真で見たことのある芥川龍之介のような印象深い顔立ちをしていた。記憶の中では髪が長いことになっている。ほんとうにそうだろうか。いよいよ応召のその時まで髪をのばしていたなどということがあり得ただろうか。あの時代は、みんな坊主刈りにさせられていたのではなかったろうか。髪の毛が長かった、と思い込んでいるのは、その人の演奏ぶりを見ながら私が抱いた幻影だったのかも知れない。

憑《つ》かれたように、大きく腕をふりあげるかと思うと、細やかにやさしく動く指。からだ中で弾いている、心のありたけで弾いている、その時に髪の毛が大きくふり乱されたと感じたのは、私の心の中のことだけだったのかも知れない。

音楽というものは耳で聴くもの。けれど、眼も聴いていたのだった。はじめて、本格的なピアノ演奏というのを目のあたりにして、からだ中がふるえるのを知った。演奏曲目がなんであったかも、その旋律の一節をも覚えてはいない。けれども、子どもなりに、本物に出会った時の芸術的感動とでもいうようなものに、心を満たされていた。

大貫先生にしても、ほとんど確実に、これがこの世で最後の演奏になるかも知れないという覚悟のようなものに迫られていたことだろう。この演奏に、自分のすべてを注ぎこんでいたにちがいない。

それにしても、この時代の国民学校の音楽教育はといえば、音階名さえも、ドレミファソラシドを禁止して、それにハニホヘトイロハの和名をあてはめていた。音感のすぐれた東京の小学生が、敵機であるアメリカ爆撃機の襲来を、遠くの爆音で聞き分けたとかいうことで、そのことから、ハホトとハヘイの和音の違いを聞き分ける音感（軍事）訓練に力が入れられていた。

一方、音楽教育というべきものでは決してないが、金州という土地柄から、「山川草木……」の詩吟を、毎月八日の大詔奉戴日（一九四一年十二月八日、宣戦布告の天皇の詔勅を受けたのを記憶する日）には、日露戦蹟の南山に登って、校長と共に朗唱することになっていた。

和音学習の延長だったのだろうが、「我は海の子」「朧月夜」「花」など、二部や三部の合唱曲に力が入れられた。教科書には「母こそは命のいずみ……」とか、「降るとも見えじ春の雨……」とかの日本的情緒をくすぐる歌がのせられていて、季節感覚が実感できる「満洲小学唱歌」は、いつのまにか姿を消していた。そういえば、金州国民学校では、時代の流れのせいかも知れないが『満洲小学唱歌』も『満洲補充読本』もなかったし、中国語の授業は、一度も受けることがなかったが、これはもともとあったものかどうか。

学芸会用の歌には、天女と漁師の独唱に合唱が組み合わされた少し凝った「羽衣の曲」がプリントして渡された。先生の意欲も感じられる。漁師には、声質からいっても、その堂堂とした感じからいっても、これはうってつけ、という子が決められた。そして、天女の方は、部厚い眼鏡をかけていつも少しおどおどしたような小柄な子が選ばれた。あの子が人前で独唱できるのか知らん、と心配したくなるような配役だった。だが、いざ練習が始まると、その子は臆することもなく、ほんとうに澄んでいて声量もある声で天女の歌を唱った。その美しい声と、その子が臆することなく唱ったことにもびっくりしたが、先生が、ちゃんとそれを見抜いていたことにもびっくりした。先生はちゃんと見ていた、その子の力を最大限に生かす場を用意していた、という発見は、うれしいことに思えた。

普蘭店　さくらんぼ・泥鰌・馬藺花《ねじあやめ》

さくらんぼの実る季節に

一度だけ、早乙女《さおとめ》などということをやったことがある。さくらんぼの実る季節だったことだけは覚えているが、それが何年のことなのか、はっきりはしない。担任の先生が一年生から三年生までを受け持ってくれた先生だったことなどを手がかりにして考えてみると、国民学校三年生のとき、一九四一・昭和十六年ということになりそうだ。——小学校が国民学校となって、皇国民を育成することをはっきりした目的にしたのはこの年だ。

〈ソロタヨー、ソロタソロタヨテブリモソロタヨ、……トコドッコイドッコイサノセ、フランテンコリャエ……〉と、田んぼのぐるりで同じ学校の子どもたちが歌う田植歌に合わせて、習ったばかりのやり方で早苗に三本の指を添えて泥土に挿し込んでいった。さし渡されたひもの赤い小布のシルシに合わせて、はじめてのことながら一所懸命だった。でも、いま考えてみれば、きっとあとから植えなおさなければならなかったろうことに思い至る。

しかし、これには一つの儀式としての意味があったのだ。ことしは「関東神宮」へのご饌米《せんまい》をこの地普蘭店《フランテン》から奉納する番がまわってきたという、それだからこその儀式だった。

田植歌には〈フランテン〉という地名まではいっていて少しほこらしくさえ感じられた。歌詞はうろおぼえだが、メロディーだけはいまもしっかりしているつもりなので、はじめからおわりまでを口誦《くちずさ》んでみる。すると今までまるきり考えたこともなかったのだが、いわば新民謡調というようなものであることに気がつく。とすると、もしかしたら、この歌は、各地もちまわりの儀式のための歌として、地名をさしかえればよいようにつくられたものだったのかも知れないではないか。

普蘭店は、「関東州」のなかでも「満洲国」との国境線近くに位置している。もともと米作りということからいえば、低い気温や少ない降雨量（前述のように普蘭店ではそれを活《い》かして、ひろびろとした塩田で天日製塩をしていた）との関連で、陸稲《おかぼ》ならばなんとか収穫できるが水稲《すいとう》となるとなかなか難しいという土地の条件があった。それでも、国の政策に沿う形からきたものであったにしても、水稲作りに挑戦しようというのは篤農家の志というものもあったろう。現在の農業技術や改良された品種ならばともかく、その時代のことであれば、水稲作りはあくまでも試験的段階というべきもので、農園経営の中心にりんご園があったからこそ成り立ったともいえる。

ところで、私は、このご饌米というのは「関東神宮」へのものであると記憶し、そう信じてきていたが、それはどうやら私がまちがって思い込んでいたものだったらしい。耳からはいってきた知識のあれとこれとを、自分勝手につなぎあわせたうえでの思い込みである。時期的に少しつじつまが合わないらしいことを感じて、あらためて記憶の糸をたぐりよせ直してみた。資料さがしに出かければはっきりするのかも知れないが、少しいまいましいような気持が心の片隅にあって、私をとどめている。

母が泊まりがけで旅順へいったのは「関東神宮」で餅まきがあった時だ。餅と一緒に金・銀の古銭をかたどった銭が撒かれて、母は運よくそれを手に入れ、とても喜んでいたことを覚えている。そのときの私にとってはそれよりも、引出物のなかの紅白餅の記憶の方が鮮明だ。腰高の餅の形のよさ、そこにたっぷりはいっている餡《あん》、餅の皮は羽二重餅のような感触だった。——あれは「関東神宮」にとってのなんの儀式のときだったのか。上棟式か鎮座祭といった、よほど特別な行事だったはずだ。

そしてその年というのは、いろいろ考えあわせてみると、一九四三年五年生のときということになる。いろいろ、というのが、ちょうどその年、兄と上の姉は東京へ、下の二人の姉は旅順へとみんながそれぞれの勉学先に寄宿していて、家にのこった子どもは五年生の私が一人になっていたということがあり、母が「関東神宮」の催しに出かけた夜、父が私を淋しがらせないために、はじめて五目並べを教えてくれたのはあの夜だったということだ。

一九四一年のあの田植えのとき、「関東神宮」はまだ存在しなかったらしいことがわかってくる。してみれば、あれは伊勢神宮ということに考え直すことにしよう。それにしても「関東神宮」というのは伊勢神宮の分社として関東州旅順に建てられたものだが、手許にある『近代日本総合年表』（岩波書店、一九六八年版）には記載されていない。「台湾神社」一九〇一年、「樺太神社」一九一〇年、「朝鮮神宮」一九二五年と肩を並べる役割を担っていたものなのだが。

田所泉は『歌くらべ　明治天皇と昭和天皇』（創樹社、一九九九年）に〈神として海外へ〉という一項を設けている。田所は私と同じ年に生まれ、大連で育っているから、この項目をたてざるを得ない植民地へのこだわりがあるのだ。そこには、〈朝鮮神宮（二五年鎮座、ソウル）と関東神宮（四四年鎮座、旅順）とは天照大神と明治天皇を祭神としていた〉とあって、一九四四年に「関東神宮」ができあがったことがわかった。〈海外に進出した日本人は、何かといえば鳥居と社殿をそなえた神社を建てた〉と田所も書いているが、生まれた土地である「満洲国」鉄嶺《テツレイ》には鉄嶺神社があり、幼いころの遊び場である普蘭店の南山には普蘭店神社が、金州には金州神社があった。その土地その土地のこれらの神社は、故郷を離れきた植民地の日本人たちの、心の拠りどころ、いわば村の鎮守さまのようなものとして造られたものであったろう。（そのようなものではあっても、造られてみれば、それは背後に国の威光を負うことにはなった。）

けれども、先に挙げた「台湾、樺太、朝鮮、関東州」の神社、神宮は、それらの数多くの鎮守社的なものとは性格、国家による位置づけが質的に異なっていた。それは、日本の国の基礎をうちたてた祖神は天照大神であるぞよ、この地に在る者すべてうちなびけと、絶対的なものとして上から君臨する神の拠点の意味をもっていた。

現地住民に対する位置づけ・役割ということでは、「満洲国」に創建された「建国神廟」がその意味するものをむきだしに見せている。「満洲国」では、一九四〇年七月十五日に新京（長春）にある皇帝溥儀《フギ》の宮廷内に祭神を天照大神とする「建国神廟」が創建された。これに先立って溥儀は、この年昭和十五年、〝紀元二千六百年〟として国威発揚に沸きたつ日本へ渡って〝接神の儀〟を受け帰り、七月十五日払暁には〝神の降臨の儀〟を行なったのだった。

そしてその日、昼にならぬうちにはや〝満洲国建国と興隆がすべて天照大神の庇護と天皇陛下の保護によるものである〟という国の基礎にかかわる「国本奠定詔書《こくほんてんていしょうしょ》」を公布した。さらにそれに加えて、同時に「建国神廟及びその摂廟に関する不敬罪処罰法」を発布したのだ。

湯燕《タンイエン》氏（「満洲国」時代にかかわる遺物を展示する「偽皇宮陳列館」の館員）の一九九四年、第三回日中シンポジウムでの報告要旨、「偽満洲国における「国本奠定詔書」について」には、〈〝建国神廟〟に対して不敬罪の行為あるものは一年以上の懲役に処すという規定がある。これによって中国人は〝天照大神〟や〝建国神廟〟に対して少しでも批判を加え不謹慎な言葉を発した場合、不敬罪に問われ厳罰に処せられた〉とある。また、〈集会時には必ず先ず日本の皇居と〝建国神廟〟を遥拝した後に「国本奠定詔書」を朗読した〉というから、日本の神は、不敬罪という厳罰をかざして、中国や朝鮮の人々の上に重くのしかかっていたのだった。

その根幹のところに「台湾神社」「樺太神社」「朝鮮神宮」「関東神宮」が存在した。

それにしても、〝建国神廟〟創建のいきさつは、あまりにも悲しい。簡単にいってしまえば、中国人の祖神をすてて天照大神をもってくることは皇帝溥儀が自ら望んで申し出たことだったというのだ。この場合、「満洲国」を作って思い通りのあやつり人形（傀儡《かいらい》）にしようと清朝の廃帝溥儀をひっぱり出したのは日本であることを忘れてはならない。溥儀のこのうえない愚かしさは、自分をないがしろにする関東軍をはじめとする者たちに対して、自分を日本の天皇と同じにうやまえ、というところから発していたようだ。

ところで「関東神宮」創建が一九四四年というのは、植民地化を強行した時期からいえば、かなりずれており、おくれている。意外なことだったが、身近な中の姉が「関東神宮」についての小さな記録のある資料をもっていた。旅順の地に神宮を建てることが決定されたのは一九三八・昭和十三年で、翌年には土地の整備にかかって、一九四四・昭和十九年にできあがったのだという。旅順高等女学校二年のとき一九四二・昭和十七年、「関東神宮」敷地内の松についている毛虫の駆除作業をしたことを姉は記憶していた。「関東神宮」が、台湾、樺太、朝鮮のように植民地化後すぐに建てられなかったのはなぜだったのだろうか。敗戦の前の年になってやっとできあがったのでは、その目的とした役割はほとんど果たせないままで廃社になったわけで、私としては、ほっとする。上海神社の場合、日本の敗戦の後、日本関係の建物がたとえそれが海軍陸戦隊司令部のような日本軍の施設であったものでも現在も使用されているなかで、さすがにその建物は残っていないという。『ドキュメント昭和　世界への登場　2　上海共同租界』（角川書店、一九八六年）の、旧上海神社の写真には〈終戦と同時に取り壊された〉と説明がついている。できたばかり、といっていいほど新しい「関東神宮」も、中国人たちの手によってあとかたもなく打ち壊されたのだったろうか。あるいは、そうした歴史の上で果たした役割を踏み越えて建物の骨格を新しい施設として利用したのだろうか。遠く思ってみるが、これはどこか遠くのことなのではなく、自分の身のすぐそばの、手を伸ばせば、触れることができるほどそばのこととして記憶にとどめておきたい。

又吉盛清の『台湾——近い昔の旅・台北編』（凱風社、一九九六年）を読むと、台湾では一九〇一年に建てられた「台湾神社」が関東神宮と同じ一九四四年に新社殿の造営が成って台湾「神宮」になっていた。はじめ台湾神社は、「台湾平定の神」「帝国南方鎮護の大神」として北白川宮能久を祭神として祀ったのだという。北白川宮というのは日清戦争のとき、台湾占領の指揮をとって上陸侵攻したのち台南で病死した近衛師団長であった。天照大神を中心の祭神に据えて「神宮」としたのは、日本にとって南方侵略への精神的支柱が、いっそう重要なものと位置づけられたからだといえる。「神宮」化に併行して、強制的な神宮参拝が台湾人に押しつけられたことであろう。

一九四五年八月日本の敗戦によって台湾は中華民国に返還され、接収された台湾神宮は、それと同時に大槌やつるはしでもって跡形がなくなるまで徹底的に打ち壊されたという。

台湾には植民地支配の拠点として念入りに建てられたシンボルともいえる建造物が数多く

あるが、それらがひきつづき（台湾総督府は現総統府、台湾総督官邸は現台北賓館、台北州庁は現監察院、専売局は現台湾省菸酒公売局というように）使用されていることを思うと、台湾神宮が徹底的に打ち壊されたのは植民地支配の精神的支柱であったことに対するものと受けとめなければならないであろう。

早乙女には三、四年生からの各二、三人ずつが選ばれていた。同じ学年のもう一人が警察署長の娘であったことから、親の職業で選ばれたのかと思われる面もないわけではないが、私の父は金融組合で官庁の者ではなかったし、一年上の一人は、宿屋と商店と農園の経営者の娘だった。一学年一学級、学級の人数も四十人いるかいないかの小さな学校である。

母はこの日のために、新しい着物を縫ってくれたようだ。着物の模様は覚えているのに、はっきりしない。そして履物は、いつもの子ども好みの絵柄がついた、幅広で角が大きく丸くとってある白下駄ではなく、子ども用ながらも幅が狭く、裏までが塗りになっている下駄を揃えてくれた。そして、つばがピンとはったまぶしいほどに真白なピケ帽子。ふだんは、幾度も洗濯してつばがひらひらと波うったお下がりの帽子ばかりかぶっていたが、このときは特別だ。

田植えのあと、この帽子がとても役に立つことになったのだが、それがまた悔いを残して忘れられない記憶ともなる。

早乙女のお仕事ご苦労さん、という意味だったのだろう、水田の持主が経営している農園のさくらんぼ畑に招待してくれた。

さくらんぼは、いつもは、やはり農園経営もしている薬局が近くにあってそこへ笊《ざる》をかかえて買いに行かされた。お金をもっておつかいに行くなどということは、この時ぐらいだ。二つつながっているのは普通なので、三つつながっているのに出会うと大喜びする、という具合にさくらんぼは日常の生活のなかにあった。

それでも、樹にのぼってさくらんぼを摘むことは楽しかった。樹にのぼることとそのこと自体が得意で大好きだったこともあるが、摘んだその手をそのまま口に運ぶというのは、いかにも満足、といったよい気分のものだ。おみやげ用もどうぞ、という。といって、容れ物が用意されていたわけではない。思いがけずつくしを摘んでしまって、ポケットだけでは足らなくて靴下を脱いで入れたという人は知恵のある人といえるだろうが、三年生の女の子が、いまかぶっている帽子がいちばんよい容れ物と思ったことは浅知恵というものだった。

真白でピンとした帽子にさくらんぼをいっぱいにして、得意満面、幸せな気分で家に帰ったとき、母は留守だった。いっしょに喜んでもらうことができなくて拍子抜けしたまま、目につくところへさくらんぼ入り帽子を置いて遊びにでかけたのだが、夕暮れに帰ってみるといちばん、頭から叱られなければならなかった。せっかく幸せな気分、喜んでもらえるとばかり思っていた期待は、吹きとんでしまう。

熟したさくらんぼがつぶれて、真新しい白いピケ帽子が赤紫に染まっていた。すぐに洗ってみたけれども、色は落ちなかった。くだものや花びらなどの色がつくと落ちないことをそのときになって思い出していた。そのうえ洗った帽子は、真新しくてピンとしていたのに、みるかげもなく、とろけそうなほどへなへなになって、二度とかぶることができなさそうなひどい状態になっていた。いつもかぶっている幾度も洗濯を重ねた帽子は、つばのかっこうこそ悪いけれども、しゃんとしていたものだが、これはなんだ。

いままた『近代日本総合年表』を開いてみると、衣料切符制が実施されるのは、翌年一九四二・昭和十七年の二月一日で〈一人一年都市一〇〇点・郡部八〇点―背広五〇・袷四八・ワイシャツ一二・手拭三点〉などと記されている。同じ日に〈味噌醤油切符制配給〉も始まっていて、一九四一年十二月八日の開戦をさかいに、戦時下国民の上に窮乏生活がのしかかるのだ。しかし、それよりも先に資源そのものが不足していた。帽子の素材はきっとスフだったのだろうと調べてみると、一九三七年盧溝橋での軍事衝突を発端にした日中戦争が始まると、政府は、綿花の輸入制限をし、綿製品には三〇パーセントのスフを混用することの規制を公布した。スフ＝ステープル・ファイバー（人造綿花）のほかに人絹（人造絹糸）もあって、繊維製品はこのころから、国の至上命令で人造繊維混入に拍車がかかっていて、私のあわれな帽子のつばがピンとしていたのは、強い糊づけでごまかしてあったにすぎなかった。

それにしても、子どもの思いと母親の思いはこのようにすれ違うものなのだ。

あのときのさくらんぼは、いつもたべているのと同じ品種で、濃く色づき、つぶれやすいものだったが、うす皮がしっかりしている「ナポレオン」だったらよかったのかも知れなかったのだ。「ナポレオン」はまだあまり出まわっていない高級品らしく、めったにお目にかからなかったが、いま人気の「佐藤錦」といわれるものに似た色合いで、噛むときのプチッとした感触がこころよく感じられたものだ。

さくらんぼの実る季節の思い出は、こうした思いがけない失敗をともなって私のなかに残ることになったのだった。

秋の収穫のころのことだっただろうか、田んぼのかたわらの小川のような湿地のようなとところで、蒲《がま》の穂《ほ》というものをはじめてみた。すばやい男の子が、見とれているみんなの前で、わずかにしかなかった穂を、あっという間にひき抜いて、全部を自分のものにしてしまった。実にうらやましかったし、うらめしくも思った。あの蒲の穂こそ、因幡《いなば》の白兎がワニをだまして皮をひんむかれ、八十神《やそがみ》の教えに従って塩水を浴びて苦しんでいたとき、大国主命《おおくにぬしのみこと》が真水で洗って蒲の穂の上に寝なさいといったあれではないか。アイスキャンデーの形の穂は、カステラのような褐色をしていて、あれを敷いて寝ると、ふかふかして、いかにも新しい毛が生えてきそうだった。三年生になっていたのに、その話を信じていたらしい。

　饌米のための稲作りには、なにかもう一つ儀式があったらしく、このときはもう早乙女役をした者たちだけが出かけた。教室にもどってみたら、理科の実験が終わったところで、紅葉した桜の葉が試験管の液体に紅い色をしみ出させているのが残っていた。どんな面白い実験だったのだろうか。その実験から仲間はずれにされたような自分を感じて、私たちがいないときにやらなくてもいいのにと、先生に対してうらめしい思いを抱いたのだった。――というわけで、そのときの担任だった先生を覚えているのだから、子どもといえども、たとえ神話のおはなしを信じているようなぼんやりした子どもであっても、うらみを抱くといつまでも覚えているものなのだ。

壺に泥鰌《どじょう》を入れる

目の前に田んぼがひろがっていた。田んぼといわれるものを見たのは初めてだ。早乙女になって田植えというものをしたのはこの二年ほど前のことだったが、あれと目の前の田んぼとは結びつかない。あのときは、普蘭店の町から伊勢神宮へさし出す饌米のための田植えだった。秋には稲刈りにもいったけれども、田植えにしても稲刈りにしてもほんの形ばかりやっただけで、〝田んぼ〟という感じは、全然しなかったような気がする。

いまは真夏、ということがあるかも知れない。緑いっぱいの稲の葉先をそよがせて渡ってくる風は、どこかつんとした匂いがあって気持がいい。これが田んぼかぁと思う。

田んぼの脇を小川が流れている。きょうの目的は、泥鰌とりだ。この田んぼはあの早乙女で田植えをした田と同じ人のもので、りんご園や養豚を中心にやっているらしい。もちろん泥鰌とりのことは父からことわりが入れてある。

汽車でひと駅のここへ来る途中は、りんご園のほか高粱《コウリャン》、粟、とうもろこし、落花生、瓜などの畑ばかりだった。この土地では米作りはできない、水田ではなく普通の畑で作る陸稲《おかぼ》ならば作って作れないことはないけれど、あまりおいしい米ではないときかされていたものだ。

それなのに、目の前の田んぼはなんと堂堂としているのだろう。この土地で米ができるなんて、不思議な気分だ。

父についてきたのは帰省中の中の姉と私。下の姉も旅順の寄宿舎から夏休みで帰ってきているのだが、一緒には来なかったのだ。内緒ごとのように〝病気〟だという。ほんとうのところ、家にいたかったのだろう。四月に女学校一年になって寄宿舎に入ってから初めての帰省なのだ。緑色のことを〝おかあさん色〟だといって、鉛筆でもセーターでも緑色のものを自分の特権のようにとり込んで、まわりにもそれを認めさせてきたくらいだから、きょうのこの機会は、家で母と二人だけになることができるまたとない幸運なのだ。以前には、父のはぜ釣りに連れていかれる私の相棒だったのだが——。

ほらこうやって、と父に教えられて姉と二人で小川の両がわの草叢《くさむら》の根元あたりを足でつっ突きながら進むと、そのあとから父が笊をさし込んですくいあげる。泥鰌はにょろにょろとおもしろいほどに次から次にかかってきた。泥鰌とりはあとにも先にもこれが一回きりの経験だから、比較することはできないけれども、これは豊漁といってよいのだろう。用意していった大きめの魚籠《びく》が二個、じきにいっぱいになった。

考えてみれば、泥鰌をとる人などほとんどいなかったのだ。たとえとりたくてたまらなかったにしても、まわりに暮らす中国人が自由にこの日本人所有の田んぼに立ち入って泥鰌をとるなどということはあり得ないことだ。この地域への出入りは労働のときだけ許されていたのだったろう。

捕ってきた魚籠二杯分の泥鰌は、同じ形の二つの大きめの壺に入れた。

壺は上からつぶしたかのように胴がふくらんでいて、全体を浮きでるような唐草模様がおおう黒褐色のありふれたものだ。家ではもう何年もの間、この壺に梅酒を仕込んできたのを記憶している。おや、思わず「梅酒」と書いてしまった。母もこれを「うめしゅ」と言ってはいたが、正体は杏酒《あんずしゅ》だ。梅は暖かい地方が好きだということで、子どものときには自然に地面に生えている梅の木というものを見たことがない。おにぎりに入れる梅干で梅の実というものを知ってはいたし、花の姿や香りは正月の床の間の花の中に珍しいものとしてこの眼と鼻でたしかめたことはある。だが、梅の花として思い浮かべるのは、そうした実物の花そのものではなく掛け軸などの絵に描かれている花だった。

そういうことからいえば杏は身近なものとして実感できた。杏の木にしてもどこにでもあるという存在だったわけではない。しかしそれだけに、もうじき開こうとする杏の蕾《つぼみ》の、少しのぞきはじめた淡い花びらを包んでいる萼《がく》のなんともいいようもないほどの色合いを美しいもの、めったにないものとして心に実感した。また、遊び友だちの幼い弟がエキリだと大騒ぎしたときに、杏の青い実にはセイサン（青酸）があって毒だから食べてはいけないのだという知識を聞きかじりの袋にとり込むこともあった。そして、桜より少し早く華やかに花開く杏は充分に春の気分をさそってくれるものだった。〈春は南から杏の花で／冬は北からつららで知らす／詩《うた》の列車がカラン鐘を／鳴らして走るよ南満本線〉という歌は、まさにその気分を満載していたし、〈蒙古嵐の吹き絶えて／杏の花の咲くところ／青きみ空に春はゆれ／光は躍る満洲に……〉とこの部分しか知らないのでどうしてもエンドレスに繰り返すことになる歌も、杏が春をもたらしてくれた。いまの私にしてみれば、この歌詞は「南満洲鉄道」の唱歌であり、「満洲」を謳歌するもので、ここに書き記すのにも抵抗を感じているのだが、それでも杏を思い浮かべるとこれらの歌がうごめき出し、杏の花は私の胸のうちでは独特の色合いで春の象徴であることをどうすることもできない。

杏酒の作り方は梅酒の場合と同じだ。氷砂糖を加え焼酎を注いだあと、二、三カ月は密封しておく。この二つの壺には蓋がなかったらしく、口の大きさにあう皿を伏せて蓋のかわりにしていたが、この封印の役は父の仕事だった。ごはん粒をつぶして練った〈そっくい〉(耳に残っていた音をたよりに辞書を調べてみたら「続飯」の文字が当てられている)で和紙を幾重にも貼り重ねた。

杏酒は、夏に水道水を生《な》まで飲むときに消毒(?)だといって子どもたちもうす割りにした。ここの水道水が夏にとても冷たかったのは冬期の凍結を防ぐために地下一メートルほど深くに水道管を埋め込んであるからだときいていた。杏酒のでき上がったときの楽しみは、エキスを滲出してシワシワになった実をたべることにあった。種はスペッとしていて果肉は簡単にはなれたし、種を割れば中にある杏仁《きょうにん》は少しほろ苦くておいしかった。母は薬剤師だった自分の兄の薬局を手伝っていたこともあって、少し薬の知識をもっていたので、こんな機会には、この杏仁が咳《せき》の薬であることを教えてくれた。いまも私はこの杏仁の力を信じていて、杏の種を手に入れて、氷砂糖を加えホワイトリカーを注いで杏仁酒をつくる。香りも味わいも深いこれは、ほとんど楽しみのためではあるものの、鎮咳《ちんがい》、去痰《きょたん》の薬効ありという大義名分は少しもおとろえていない。

魚籠二杯分もの泥鰌を捕ったのは、五年生の夏、一九四三・昭和十八年のことだ。それにしても、この年は杏酒の二個の壺は空いていた、ということになるわけだ。母はそのころ戦時下のことで国防婦人会の勤労奉仕かなにかの草刈り仕事をまじめにやりすぎてからだをこわしていたからということもある。だがそれよりもなによりも、戦時統制経済は杏酒を仕込むことなど許さなかったということが先行するのだろう。杏の実はともかくとして、焼酎や氷砂糖が普通には手にはいらなかったはずだ。子どもの私がぼんやりしていただけで、仕込みができなかったのは前年、あるいはもっと以前からのことだったかも知れない。

泥鰌を入れた二個の壺には幾つぶかの大豆を放り込んだ。こうしておくと泥を吐くのだという。父の知識だか母のだかは知らないし、果たしてちゃんとした根拠があるものかどうかも知らないが、たった一度のこの経験で、この大豆つぶは私の知恵袋にはいったままになっている。

小さな知恵袋は七十年たってもこうした雑多なものがはいったままになっている。たとえば小学生向けの雑誌の付録かなにかで読んだ奇妙な泥鰌の料理方法もその一つだ。鍋に水をはって泥鰌を泳がせる、それを火にかける。少しずつ温度があがってきたときに、冷たい豆腐を一丁のまま入れてやる。泥鰌は冷たい豆腐にこれ幸いと頭から突っこんでもぐり込む。

これを食べるというのだ。書き手ははじめから、作り話として書いていたのかも知れないが、そのころ「コレハふぃくしょんデス」などという断り書きを付けるなどということはなかったから、子どもの私は、これを頭から信じたばかりでなく、いまだにどこかで信じている。一度も験《ため》してみなかったことへの未練を潜《ひそ》ませたままである。心の底に残酷さを抱えつづけている。

家では、泥鰌は酒で一気にしめたうえで、玉子とじや甘辛煮の普通のおかずになった。

それにしても、と水田とのかかわりから気にかかってきていることがある。一九三二〜四五年の中国東北部が「満洲国」となっていた時代の、その地における米作りのことだ。

中国東北部でも南の方にある遼東半島の、そのまた先端部に位置する植民地「関東州」が米作りに適していなかったという子ども時代の狭い経験を通して得た知識によって、私はあやうく間違うところだった。その気になって調べてみれば、手許にあるわずかな印刷物のなかから、それは資料といえるようなものではないので不充分には違いないが、米作りがされていたことが、浮かび上がり、立ちあがってくる。そして、それらの事実は胸がつぶれそうなほどの、日本の朝鮮侵略、中国侵略や「満洲開拓団」のおぞましい歴史とないまぜになって姿をあらわしてくるのだ。
▽朝鮮人移住農民（その当時のたてまえ上の国籍は日本国民で、日本はその植民地政策で土地を失ったり食いつめたりして移住せざるを得ない朝鮮人を生みだしていた）と中国人農民の水利をめぐる衝突に、「日本国民」保護の名目で日本の警察を出動させた「万宝山事件」（一九三一年七月）。これは同じ年九月十八日柳条湖鉄道爆破に端を発する「満洲事変」を誘い出すものとなった。
▽傀儡国家「満洲国」を成立（一九三二年三月）させるや、いち早く開始された「満洲開拓移民計画」。開拓団の初期（一九三二〜三五年）は武装移民で、ソヴィエトとの国境地帯をにらんだ北辺防衛計画がもとにあって、在郷軍人を主体に編成し、いつでも銃を執って闘うことのできる屯田兵として配備する。この計画は東宮鉄男《とうみやかねお》と加藤完治の二人が中心になって進められるが、東宮は関東軍の大尉として張作霖列車爆破（一九二八年）に際して爆薬導火線のスイッチを押した人物であり、加藤は後に内原《うちはら》訓練所を主宰して多くの「満蒙開拓青少年義勇軍」の青少年たちを養成して「満洲」に送り込むことになる。
▽その後、国は二〇年計画で一〇〇万戸（五〇〇万人）の開拓移民を目論んで、日本国内の農村を二分しての分村移住の形をとることにする。その先陣に選ばれたのが、長野県大日向《おおひなた》

村だ（一九三七年）。
▽中国農民が耕した農地や住居家屋をうばっての移民はつづけられ、開拓関係者は二十七万人にもふくれあがっている。そして七、八年後一九四五年八月、日本の敗戦となったとき、村の壮年の男たちは折しも根こそぎ動員で軍隊に奪われていた。中国農民の憤り、恨みが一挙に爆発して襲いかかることは、国の移民計画、満洲拓殖公社による土地の斡旋《あっせん》のやり口のなかにすでに胚胎している。命を失ったのは、たとえひとときの夢に加担したとはいえ、多くの女たち、老人たち、子どもたちだ。そのときとりのこされてからくも命をとどめた子どもたちも「中国残留日本人孤児」として、いまなお親兄弟を求め、あるいは帰国できたとしても、ことば・生活・教育などの深刻な問題を抱えており、解決、決着はついていない。

敗戦のときにいた二十七万人（子どもを含む）の開拓民たちは、地域の差はとうぜんあるとしても、いったいどのような農産物を作っていたのだろうか。その統計のようなものにはまだお目にかかったことがない。それは軍隊による消費とも深くかかわっていたことが考えられるので「軍事機密」に属していたことかも知れない。

私には黒い馬鈴薯《ばれいしょ》の記憶がある。戦争もどんづまりのころ、主食用の穀類の配給は特にひどいものになっていた。高粱やとうもろこし粉ならば上等で、大豆などは油を搾ったカスらしいベンゾールくさいつぶれたもの、小麦粉とは名目ばかりの小麦の外皮を粉にしたふすまのようなものだった。そんなところに「北満」の開拓団の馬鈴薯が配給され、それも黒々といかにも肥沃な畑で育ったらしい姿は、ほくほくと味わう楽しみを思い浮かべさせた。だが、口にしたとき（期待が大きかったせいもあるが）落胆、悲しみは衝撃となった。味わうどころか、えごくてえごくてのどを通すのに苦労しなければならない薯《いも》だったのだ。町に住まう者のわがままかも知れない、作った人には申し訳ないという気持ちはある――それでも薯はえごかった。

開拓団では、何を作っていたか。いろいろに書かれたものの断片、写真、挿絵などのなかから拾い出してみる。馬鈴薯、かぼちゃ、瓜、甜菜糖《てんさいとう》用大根、大豆、小豆など豆類、麦、粟、高粱、とうもろこし、飼料用大粒とうもろこし、亜麻などなど。そして米も作られていたのだった。

なかでも、分村農業移民の先陣をになった長野県大日向村の場合は、あとに続くべき人々を誘いだすためのモデルケースとするために（中国農民がすでに耕していたのを有無をいわさず安く買い上げ、追放して）一等地なるものが用意された。入村の前の教育施設では、開墾のための木株の掘りおこし訓練を受けたりしてきたのだが、墾《コン》（きりひらき、たがやす）の必要はなかった。場所は新京（現長春）からそれほど遠くはなく、鉄道もしかれている吉林省舒蘭県四家房《ジョランケンシカボウ》。一年ほどののちには、全村二一六戸（六二四名）で、水田一〇〇〇町歩、畑一五〇〇町歩、草地・林一五〇〇町歩の規模になっている。町歩といわれても、あるいはヘクタールで示された場合でも、私にはその広さを思いうかべることができないし、ましてそこからあがる収穫量を実感することなどはできない。しかし、少なくとも、長野県大日向村の母村が、水田四九町歩、畑一七〇町歩に四四〇戸でしがみついていたことと並べてみることはできる。それは比較することもできないほどの大きな違いだ。母村は絹景気のもうけを求めて養蚕、桑畑耕作一辺倒にかたよったあげく世界恐慌下の繭相場の暴落で大打撃をうけ、個人の破産はもちろん、村の経済が破綻して兵事係（兵隊を徴集する係）だけを残して役場職員も置けない状態になっていたという。もともと山と山のはざまの空はせまく、水田は少ないだけでなく、日照時間も短くて、収量は他の地域の平均をかなり下回っていたことだろう。四家房は惜しみなく太陽の光が降り注ぐ広々とした田畑をくりひろげていて、全く夢のようなものとしかいえない。

広大な水田、広大な田畑の耕作が開拓民たちの手だけでできるはずはない。地主よろしく、水田には米作りになれた朝鮮人を、畑には中国人を雇い入れる。『満州・浅間開拓の記——長野県大日向分村開拓団の記録』（銀河書房、一九八三年）の一節を引用しよう。

水田はほとんど朝鮮人に任せていたが、彼らは日本人とは違った稲づくりをしていた。まず水を引いて棹のようなものでそこをかきまわす。すると黒い泥水の中から雑草だけが浮き上がってくる。それを掬《すく》いあげてから、浮いた草は満洲の強い風にあおられて畔《あぜ》のほうに押し流されてゆく。それを掬いあげてから、バラバラと水田にモミを投げ入れるのだ。日本人のように田植えなどということはせず、ただモミを投げ入れるだけだが、その投げ方にも技術を要し、朝鮮人の中にはモミ投げ専門の者もいた。ベテランになると、一日一町歩以上も投げた。そのモミが水面に顔を出すか出さない頃に、水面に出ている雑草をすべて刈り取ってしまうと、雑草は枯れ、モミだけが育った。

朝鮮人の手を借りることなく直播《じかま》きをしたあと、発芽した稲の芽を鴨の群れから守るために奮闘する一家の姿が、井出孫六の『終わりなき旅——「中国残留孤児」の歴史と現在』（岩波書店、一九八六年）には引用されている。

この二つの例から、山辺健太郎著『日本統治下の朝鮮』(岩波新書、一九七一年)の口絵写真につけられた〈「満洲」における朝鮮人移民の水田開発〉という説明が納得されてくる。それはまさに水田とはいうものの種播きをしているとしか見えない風景なのである。

先に挙げた、朝鮮人農業移住民(朝鮮が植民地であったことによってこの時期はたてまえは日本国民である)を中国人農民と対立させた万宝山事件は一九三一年のことだが、中国東北部への朝鮮人の移住については、奥深い歴史がある。今日ことあたらしく〈脱北者〉がはじめて図們《トモン》(豆満)江を渡って中国東北部に潜入したかのように考えるのではなく、朝鮮半島を三八度線で分断するその根っこは、日本の軍隊の分担領域の区分け線にあることも、その分断によっていまの朝鮮半島の食糧需給の不均衡な状態が倍加されていることにも、日本が歴史的に深くかかわっていることを少なくとも視野のうちには入れておきたい。

現在の中国は、東北部でも北間島《カントウ》といわれる地域に「延辺朝鮮族自治州」を設けていることが地図を見るとわかってくるのだが、それが、どのような成り立ちなのかを、私はよくは知らないでいる。間島地方というのは、槙村浩が長編詩「間島パルチザンの歌」(一九三二年)を書いていることからも知れてくるが、一九三〇年ごろからは朝鮮人の抗日パルチザンの根拠地帯だった。

しかしそれにしても、日本は韓国併合（一九一〇年）をするその前の年である一九〇九年に清国（中国）と間島協約を結んでいて、それは併合へ向けての布石であったとしか考えられないが、そのときすでに朝鮮人たちはこの地で水田耕作をしていたという。協約の内容を詳しく知ることはできないが——図們江を清韓国境として朝鮮人居住者が多いこの地を清国の土地と認めるが、清国も朝鮮人の居住、土地所有を認めよ、朝鮮人の裁判には日本領事が立ち会う、鉄道敷設は日本政府と協議する、撫順・煙台炭鉱の採掘権は日本のものとする——というものだった。

歴史ということでいうと、一九三二年以来の拓務省、満洲移住協会、それと対応する満洲拓殖公社による大規模な移民計画は、「満洲国」という傀儡国家をつくったうえで成り立つものだったが、それより以前、小規模ではあるがその前段階がある。日本は第一次世界大戦後に、ドイツが中国にもっていた権益を要求（一九一五年、二十一ヵ条要求）するのだが、なかに旅順・大連など関東州の租借期限の延長を盛り込み、それをふまえて関東州府は水田開発調査と移民を計画実施した。五年生のときに転入した金州国民学校には寄宿舎があって、愛川村の高学年の子どもたちがいた。ある不思議な感じで「愛川村」の存在を受けとっていたのだが、一九一五・大正四年にその村は開拓村として始まっていたのだ。長野県下の愛宕村と山口県下の川波村の合併ということで愛川村となったが、モーターを使って土壌のアルカリ性を流すなどして水田を作ったという。

いま手許には、一九二九・昭和四年発行の『南満洲鉄道旅行案内』のごく一部分のコピーがあるが、それをあらためて調べてみると、私が生まれた鉄嶺は、米の一産地として挙げられ、約六トン、ちなみに大豆二一トン、高粱一九トンの生産量だ。それと同じころ愛川村は、生産量は記していないが、十戸足らずで水田六五町歩、畑八〇町歩で水田経営に力を注いでいる、とある。ここでも中国人や朝鮮人の手を借りなければ耕作はできなかったということだが、田植え方式だったか、朝鮮人による直播《じかま》き方式だったかは、田んぼの風景写真からだけではわからない。

ということからすれば、泥鰌とりをした田んぼにしても、どんな方式だったかはわからないのだ。やはり、早乙女のかっこうをして田植えのまねごとをしたのは、単に伊勢神宮への饌米という儀式のためだけのものだったのだろう。

馬藺花《ねじあやめ》

「てふてふが一匹韃靼《ダッタン》海峡を渡って行つた」という詩の言葉がどんなところにはさまっていたのかを確かめたくて、安西冬衛詩集『軍艦茉莉』全篇が収録されている文学全集の「現代詩集」の巻をひらいてみた。この一行だけの「春」と題された短詩であることがわかった。

この詩が、安西の住んでいる大連で発行されていた雑誌『亞』に発表された初出時には、〈韃靼海峡〉は〈間宮海峡〉でそのあとに〈軍艦北門ノ砲頭ニテ〉ということば書きが付いていたものらしい。詩集の名といい、このことば書きといい、安西は軍艦に惹かれていたのかも知れないが、詩の内容は軍艦による戦闘と関わるものではない。十年あまりたった後に詩集に収める時には、冒頭に掲げた形になっていたそうである。〈韃靼〉という重重しい文字のなかに〈軍艦〉〈砲頭〉という硬質なイメージをうまく吸収させて、〈韃靼海峡〉は弱弱しく軽やかな〈てふてふ〉とくっきりと対置され、〈てふてふ〉を際立たせる。はかなげな蝶がたった一匹で大海原へ向かってひらりひらりとなにごとでもないかのように飛んでいく姿が目の前に浮かび、心を動かされる。

「てふてふ」が「蝶蝶」（安西は同じ詩集にある他の詩では「蝶」という漢字を使っている）と表記されていたならば、これほどにまでひらひらと飛んでいく姿を思い浮かべさせなかったかも知れない。言うまでもないことだが、「てふてふ」の表記は詩人が発明したものではなく、旧かなづかいのその時代は、一九三九年小学校入学の私などもそうだったけれども「わうさま（王様）」「てふてふ」などという表記で教えられ（もっとも小学校で最初に学ぶ文字はカタカナだったが）、普通に使っていたものだ。それがこの詩にはめこまれてみると、「てふてふ」が急に生きている蝶になって舞うのだから不思議だ。

これらのことからふいに思い出されてくることがある。たった一度だけのことだが、ある時、中国文学の特別講義として吉川幸次郎先生の話をきいたことがある。内容はほとんど覚えていないのだから情けないとしか言いようがないが、それでもたった一つだけ目が醒めるような思いをすることがあった。それは黒板に書きつけた詩を吉川が読みあげる場面で、吉川は現代中国語音で朗朗と読んできかせ、飛飛（フェイフェイ）を実に軽やかに発音した。フェイフェイは第一声＋第一声なので、ほとんど平らな調子で二音を続けるのだが、その平凡な音は、吉川自身が蝶がひらひらと舞っているのをたのしんで眼で追っているかのように聴こえてきた。私自身もいくつかの漢詩を中国現代音で学んできていたけれども、発声するときに、これほどの心をこめ、表現することを考えていただろうか——これは耳元をすぎる一瞬の音から受けた衝撃だったけれども、なにかとても大切なものを私にわからせてくれた一瞬だったように思える。

ところで「韃靼」だが、かよわさそのもののような「てふてふ」と対比してみると、なんと重重しさを感じさせる文字だろう。サハリンとロシア大陸との間にはさまれた海峡を旧《ふる》くから韃靼海峡といっていたのだろうが、間宮林蔵が探検実測したことにちなんで「間宮海峡」とシーボルトが世界地図に登録して以来、「間宮海峡」の方が正式な名称なのだ。

「ダッタン」と発音してみる。中野重治作『梨の花』に、主人公良平少年が、道ばたの広告の文字を眺め「ダンロップ」という発音を口の中で転がしてみる場面があるが、あれほどまでの舌や唇のたのしさはないとしても、「ダッタン」と発音してみると、ふだん使いなれた言葉とはまるきり違うからなのだろうか、知らない世界の扉の前に立っているような気分になって、緊張感と期待感が静かに押し寄せてくる。国民学校四、五年のころに子ども向けに書かれた『韃靼漂流記』というのを読んだことがある。あの本は推せん図書のような形で学校を通して買ったものだった。親の立場からすれば〈買わされた〉ということになるのかも知れないが、こうした形で本を買うのははじめてのことだった。それにはじめてといえば、幼稚園での『キンダーブック』につづき小学生雑誌を月刊で買ってもらう以外に私だけのものとして本を買ってもらうということもはじめてだった。だいたい小さな普蘭店の街には本屋などはなく、月刊の雑誌を取り次ぐ店があっただけだ。兄や姉たち四人が読み古した昭和のはじめごろの子ども雑誌の『子供之友』や『コドモアサヒ』などをくり返し眺め、子ども向きの読み物全集が揃えてある友だちの家に上がりこんで好きなだけ読みふけり、気まぐれのように貸し出される学校所蔵の部厚い物語本を重い思いをして持ち帰り読み、時には家にある子どもの本やおとな用の本をのぞきみたりするのが、それまでの私のさびしい読書体験だった。

同じ時に、一緒に「満洲」民話集のようなものが刊行されていて、あわせて二冊を手に入れた。こちらの本には、いまにして思えばたとえば故事成語辞典にのっている「遼東の豕《いのこ》」にあたる話がはいっていたが、それを故事というよりはすぐ身近かにいる人の話のように感じながら読んだのだった。そのあたりで飼っているのは黒豚ばかりのところに、ひょいと白い豚が生まれたのでこの珍しい豚を都へ連れていって銭もうけにしようと南の都へ向かって旅をする、ところが南に行くにつれてまわりには白い豚が目につくようになって、自分が世間知らずだったことを思い知らされるというのだが、遼河《りょうが》の東である遼東半島普蘭店の中国人が飼っていたのは、まさに時には牙まで生えているような黒豚ばかりだった。といって、近くには小さな農業試験場があったので、物語の主人公のように白豚を知らなかったわけではない。

この民話集にはその後まるきり出合わないそこでだけ読んだ話もはいっていた。古い壺や皿などを売り買いする骨董屋が、お互いの広い袖口を寄せあったその中で指だけを使って取引きをするのは、ねだんを口に出すと自分があれこれと値ぶみされるのを聴いた壺や皿が涙を流し、その涙のあとがひびになるからだというのである。私の記憶のなかのたしか「ヤーハン」といったそれは、発音から当たりをつけて調べてみても、旧中国での慣用語もはいっているはずの一九三九年版のものをはじめ、私のもとにある幾種類かの辞書には載っていない。音からだけさぐってみれば「啞《ヤー》」「行《ハン》」の文字を当てることができ、そうであるとすれば黙って声を出さずに数をかぞえるという内容にぴったりたりする。

テレビニュースなどで季節がくると下関のフグの取引き場面が紹介される。フグにかぎって取引きはマフ（毛皮、綿入れなど円筒状に作り、両方から手を入れる防寒具）のような形の筒状の布のなかで指だけで取り交わされるのだというが、これをみると私はヤーハンを思い出し、かけひきの声が聴こえたらフグが涙を流して痩せるからだろうなと思ってしまうのである。こんなことを思い浮かべるのは私ひとりなのかも知れない、幻のような話なのだ。

それにしても、戦争が目の前にぶらさがっているこの時期に、戦意昂揚とは直接にはかかわらない二冊の本が、なぜ学校を通して売られたのだろうか。

魯迅友の会の友人山下恒夫が、漂流記関係の仕事をしていて、石井研堂が蒐集していた数多くの漂流記『江戸漂流記総集』（全六巻、日本評論社）の刊行を中心になって進めてきたかかわりで、私のところにもその第一巻と第三巻がある。この第一巻で『韃靼漂流記』の原文に、思いがけない幸運としてまみえることになった。いちばんに目を通したのはいうまでもない。ところでこの解説のなかに、一九三五年四月はじめて日本に行って天皇と会見した「満洲国皇帝」溥儀《フギ》に、韃靼漂流記の研究書である橋川時雄の『異国物語』が献上され、十五年戦争下では他に『韃靼漂流記の研究』（園田一亀著、一九三九年）が南満洲鉄道総局庶務課から刊行されたとある。解説に引用された園田の結語には、〈要するに此の韃靼漂流記は我が徳川時代日本人にして始めて満洲に入り、東から西へ、琿春《コンシュン》―奉天―北京と大陸の山野曠野を横断せる記録であり、大いに珍重すべきものである。同時に東洋近世史上に於ける日満両国関係の先蹤を為すものである。かく観じこれば渺たる韃靼漂流記の史的価値は自ら明瞭である。〉とあることから、それにつなげて考えるならば、〝少国民向けの〟『韃靼漂流記』はまさにこの時代の産物として私の前に現れたものだったと言ってよいようだ。

韃靼の文字にとらわれているうちに、知らず知らず私自身が漂流している。詩集『軍艦茉莉』にもどることにしよう。と、そこからまた不意に「普蘭店」がころがり出てきて私をおどろかせる。

普蘭店といふ駅で

急行列車の Deck から、さつと猫がとび下りた（むささびのやうに）。事件といふのはたつた、それだけである。

この詩を読むのははじめてではない。けれどもこの詩が『軍艦茉莉』のなかにあることは知らなかったし、書き手が〈てふてふ〉の安西であることさえ意識していなかったのだからまるで不意打ちをくらったようなものだ。

普蘭店は小さな駅だから、急行列車は止まらない。でも前に述べたように税関検査のために大連行きの列車だけは止まるのだ。――しかし、安西のこの詩は、少なくとも詩集刊行の一九二九年よりは以前のものだから、「満洲国」はまだできてはいない。急行列車は止まらなかっただろう。列車はそのまま通過しただけだったのだ。走っている列車から猫だけが飛び下りた、それが〈事件〉であった。

飛び下り走りだす猫と一緒に私も走りだそう。ものかげ、そう駅の植込みのライラックの繁みのかげがいい。ひと息ついたあと、猫と別れた私は、駅の頑丈な柵の間をすり抜けて街へ向かって歩きだす。かみなりが落ちて黒こげになった大きな藤の幹のきずあとを駅前の小公園でながめさすったり、油条《ヨウティアオ》や豆乳を売っている屋台をさがしたり、ひっかかってしまいそうなところがいっぱいあるが、行き先は南山《ナンザン》だ。

南山といっても、〈南山のたたかひの日に／袖口のこがねのぼたん／ひとつおとしつ／その扣鈕《コウチユウ》惜し〉と森鷗外が「うた日記」に詠んだ日露戦争激戦の地である金州の南山とはちがう。南山はまた大連にもあったが、私にとっては南山といえば普蘭店のものがまず第一で、なじみ深い。

南山はなだらかな低い山で、ゆるやかでまっすぐな道の両側には桜が植えてある。祭の時は、この並木にそっていろいろな夜店が出て子ども心をそそった。その道はやがて急な石の階段になり、登りきったところが普蘭店神社。いつ頃のことだったか、学校で一日・十五日の参拝を奨励されたことがあって、すぐ上の姉と連れだっていったものだが、いつも薄紙にくるんだ四角い落雁《らくがん》が渡された。たいしておいしいものではなかったので家にはそれが幾つもたまっていたが、白い方には十六弁の菊、薄紅い方には五三の桐の紋章が浮き彫りになっていて、それが天皇と皇后の紋章であることを姉から教えられた。いつもピーナッツのように、からだつきからいえば、どちらが姉ともつかない二人だったが、二学年上の姉は、年が上なだけ、いろいろなことを知っていて、妹をみちびこうとしていた。

この山に登って、日の出や月の出を待ったこともある。東の方を眺めていると、山の麓には中国のお寺だという廟《ミャオ》さんの大きな屋根がみえていた。日の出前、かすみがうす紫いろにたなびくのをみて、絵本などに画かれている雲がたなびいているありさまがうそでないことを実感したのはこのときみた光景からである。枕草子で〈春は曙〉などと学んだときも、私の心のうちにはこのとき目にした美しいあけぼのがひろがる。月の出を見に行こうと誘ってくれたのは友だちだったが、月が登りぎわにどんなに大きいかを知って感動したのもこの南山でのことだった。

しかし、これでは小学生のお行儀のよい一面だけだ。

南山はころび、ひっかかれと生傷の絶えない遊びの場だった。木登り、陣とり、鬼ごっこ、缶けり……といった遊びをしていたはずだが、いまよみがえってくるのは、友だちと一緒になって走りまわっていた記憶だ。紺サージのスカートにカギザキ（鉤裂）をあとからあとからこしらえ、木綿の長い靴下にミミズをはわせて母をおこらせていたのは、南山に自生する野棗《のなつめ》のせいである。野棗の果実はとって食べようなどという気もおこらないほどたねばかりで果肉のほとんどない小さなものなのに、トゲの方は立派で、細く鋭く三、四センチもあって、そのうえ木の高さは八、九十センチと子どもがすり抜けるのをまちかまえていてトゲにひっかけ邪魔だてするようにできていた。

ちょうどそこらあたりには、日露戦争の時にロシア軍がつくったというベトン（コンクリートのこと。その時代、軍隊ではフランス語のベトンをつかっていたようだ）のトーチカといわれるものがあったが、もともとの形がどのようなものであったかはわからないものの、まったく単純な構造で頑丈な溝のようなものだった。いま計算してみると、それは四十年たつかたたないか以前に築かれたものだったことになるが、子どもの私にとってははるか昔のものに感じられていた。だいたい日露戦争の頃の話は、育った土地柄ということもあって、金州南山や旅順二百三高地の苦しい戦いについて幾度となく聞かされているのだが、語り聞かせる側にとってはまだなまなましく切実なものであったはずのことが、子どもには遠く隔たったものとしか受けとめられなかったのだ。時間が経過し、時代が大きく変わっていくなかで、戦争体験というものはどのように伝えられるのだろうか。

子どもは狭い溝のふちの上を走ったりジャンケンをしたり、溝の両ふちの間をとんで渡ったりのことだけに夢中になっていた。たったそれだけのことが、友だちと群れていることで楽しく満足な遊びになっていたのだろう。

季節の時折には花をさがして摘んだ。春いちばんに咲く翁草《おきなぐさ》は濃い紫色のビロードのような花びらが美しかったが、めったにみつからなかった。ましてや秋になって翁草の実がその名の由来の白く長いひげをなびかせるのを、もう他に関心が移っていたということもあるが、目にした記憶がない。夏から秋、なでしこ、つりがね草、桔梗、吾亦紅、おみなえしなど、小さな指で握れるだけを摘んだ。五月ごろだったかトーチカのあたり一面にうす紫いろのねじあやめが花を開かせたが、これは少ししか摘まない。なぜなら、花の茎は短いし、あやめの花の命が短いのを知っていたからだ。それに葉の方はといえば、タテ筋がきつく通っていて折ることはもちろん子どもの手指ではねじって千切り取るのもむずかしかった。そのタテ筋を形成しているきつい繊維が葉をねじれさせているのだろう、水仙の葉がねじれているのも同じことからきているにちがいない。

だが、ねじあやめにはあれから一度も会ったことがない。あれは、ほんとうに存在していたのだろうか。

あれはほんとうにあったことなのかどうか、いまとなっては確かめようのないことがいくつでもある。それでもすぐ上の姉がこの世にあった時は、二人でみたよね、と確認し合いうなずき合うことができた。いまふっと突然にねじあやめの記憶ではないかと思われるものが浮上してきた。根もとの部分で葉が花の茎を包むようについていて、そのさやの部分を笛にしたのではなかったか。いや、この記憶には鼻の奥にツーンと芳香がよみがえってくるようにも感じられるので、五月の節句に湯に浮かべる菖蒲と思い違いをしているかも知れないが、確かめるべき旦子《あさこ》姉はいない。

だが、幻のようにしか思えなかった「ねじあやめ」はやっぱりあのあたりの花だった。

『古川賢一郎全詩集』（泯々社、一九九七年）のなかに「ねじあやめ」「馬蘭花《ねじあやめ》」（ほんとうは馬藺花＝マリンホワのはず）と題された二篇の詩があった。「ねじあやめ」の方は民謡調に書かれたものだが「馬藺花」の方はねじあやめに自分を重ねるように描いている。その前半を引用しよう。

満洲の寒気の中で
満洲の黄砂の中で
満洲の歓びと死の中で
今年も固い蕾を引裂き
紫の花びらを垂らす
僕は早春の馬藺花である
砂丘の中に萌えいづるもの
岩山の間に指をのばすもの
満洲の土の肌に生えた
大地の髪・馬藺花
僕の生命の紋章……

古川賢一郎とは何者か、その年譜を追ってみる。一九〇三・明治三十六年香川県生まれ、酒造業、雑貨屋を営んでいた古川の家業が傾き、高島炭鉱に職をえた父に従って一家で長崎県に移る。高等科を了《お》えて長崎三菱造船所養成所に入所、卒業後造船所に就職。十九歳のこの年父が病死するが長男の賢一郎は、母、弟三人妹二人（一番下の妹はやっと五歳）の家族をなんとしても食わしていかなければならない。二十歳一九二三・大正十二年八月〈一家の生活環境の打開をはかって満洲に渡〉り満鉄の「地方部土木課」に就職する。「地方部土木課」というところの仕事はどのようなものだったのか、そのなかで古川はどのようなくらしをしていたのか。古川の詩がその日日を物語ってくれる。

冬の夜は、冷たい掌で、重く私の胸を押しつける。汚れた支那服のまゝ、灯かげ暗い洋燈《ランプ》の下で、ごろりと寝ると、夜の髪が、天井より無数にぶらさがつて来る。あゝ激しかつたをんなの、昔の恋情が、くろい髪の毛となつてぶらさがつてくる。
全身の骨がづき〳〵と痛む。骨の芯には、固い雪がいつぱいにつまつてゐる。私は洋燈の灯を大きくし、雪に湿つたノートをひろげ、短い鉛筆をなめてゐる。何書けるものか。

生命さへ不安な支那宿の夜。
北満の凛々たる冬。馬店《やど》の温突《オンドル》に、老板子《うまかた》と雑魚寝しながら、私は凍えた指をぽきぽき
折つてゐる。

（「指を折る——吉林省・赫爾蘇《フルス》にて」）

夏は裸体になって苦力《クーリー》たちと共に働き、冬は驕車《かごぐるま》に乗って奥地を移動する。冬の厳しさは〈零下四十度／骨には白い連氷《つらら》の花が咲いてゐる。〉（「氷の道」）ほどだ。じっと歯を喰いしばって激しく揺れる驕車に耐えながら〈ぎら〳〵光る氷の上で／私は骨ばかりになつてゐる。／私は痩せた支那犬になつてゐる。／ああ　ごうまんな日本人に嚙みつきたい。〉（「冬の目玉」）とまで書きしるす。これが地方部土木課の生活なのだ。〈短い鉛筆をなめ〉ながらノートをひろげ、詩を書くことでやっとのように自分という人間を保とうとしている。安西冬衛と同じ「満洲」の詩人ではあるが、植民地のモダンな生活にはかけらほどの縁もないこの生活からは「てふてふ」が飛びたつわけはないのだった。

路上の雪なかに
落ちた柘榴のやうに転つてゐる首
皮膚は凍つて
ひすひのやうに蒼くなつてゐる。
頬へ抜けた弾丸《たま》あとは椿の花のやうに開いてゐる。

と書きはじめた「雪上の首」。〈これがわれわれ人間の首ですか〉と問いたくなるほどに、〈茹でた豚の頭より穢く〉雪の上にころがされている〈ちよん切られた人間の首〉を目の前にしながら、一方で

私の外套につかまつて覗いてゐる
日本人の若い奥さんの戦慄が
私の心臓をこゝろよくゆさぶるので
ともすれば、私の失礼な哄笑が
今にも爆発しそうになつてくる。

とこの詩をしめくくってみせるほどに、古川はふてぶてしい。ふてぶてしくならなければ生きてはいけないほどの生活のなかにいるのだ。

古川が〈ああ　ごうまんな日本人に嚙みつきたい。〉と書いたとき、古川の心情は共に汗して働く苦力たちの方に限りなく近いものであったかも知れない。

　他ノ人種ノ土地ニ侵入シ、ソノ人種ヲ支配セントス。
　コレラヲ称シテ「テイコクシユギ」ト云フ。
　ワガ中華民国ハ、スナハチ「テイコクシユギ」ノ圧迫ヲウケタル国デアル。
　ワレラハ、力ト心ヲアハセ、マヅ、コノ「テイコクシユギ」ヲ倒サネバナラヌ。

〈ワガ中華民国ハ、スナハチ「テイコクシユギ」ノ圧迫ヲウケタル国デアル。〉とは詩の中の中国人小学生の読んでいる国恥読本の一節であり、〈残酷的血染的《ザンコクキワマルチニソミシ》／帝国主義的旗児飄《テイコクシユギノハタヒルガエル》……〉というのは、詩中の人物王《ワン》のどなる唱歌の文句なのだが、「国恥読本」というこの詩はこの言葉をこそ書きとどめようとしたのではなかったろうか。古川はこれらを『新時代常識教科書』や『三民主義教育唱歌集』から自分で訳している。この詩は柳条湖事件の前年一九三〇年の作らしいが、「国恥」とは、ドイツが中国にもっていた権益を一九一五年の第一次世界大戦後に日本が自分のものとしたうえ、さらに拡大しようと中国につきつけた二十一カ条要求を中国がやむなく受諾したことを指し、これ以後、中国の教育の場では、ここに挙げた二冊だけではない反侵略の教科書がつくられていた。

日本ではそれらを集めて訳出した『打倒日本』が、柳条湖事件のまさに前夜である一九三一年九月一日発行。九月十五日には第十版が発行されている。この本の出版のもともとの目的は、序文にも書かれていることだが、日本人は「日支親善」「共存共栄」「同文同種」などとうかれているが、中国の方は〝日本は強盗だ、仇敵であることを忘れるな〟と排日教育をしていることを知らなければならぬ。そうすれば、自分たちの馬鹿さかげんがわかるはずだ、というのだった。

九月十八日柳条湖鉄道爆破は、この出版のすぐあとのことで、日本が全面的に軍隊を投入し、翌年三月一日にははやくも「満洲国」をつくりあげたとき、日本では多くの国民が同調していく、その地ならしの役を、こうした本が担っていた。「邦文社、著作発行・保々隆矣—元満鉄調査部、金八十銭」。

しかし一方で、この本には日本帝国主義の侵略に対する中国側からの抗議がいっぱいに詰まっている。不平等条約、日清戦争終結の馬関条約における不当、義和団事件議定書のもたらす損失、二十一ヵ条条約の不当、台湾・関東州の返還要求などなど、真摯に読むならば日本の進んでいる道の危うさがみえ、それを読みとった人もいたはずだ。

九月十八日の鉄道爆破を口実に、日本軍は戦線を一挙に拡大していくのだが、その一つに長春の在留邦人を護るのを口実に長春近郊寛城子《カンジョウシ》の中国軍を攻撃した。古川は、この直後の寛城子にはいり中国兵の屍体処理に加わったようだ。詩「戦死者――長春寛城子にて」によれば〈屍体始末の、私達紅卍字会員は〉とあるから、同じ赤十字とはいえ中国人たちの組織するものの一員として働いたのではなかったろうか。

> 兵舎の中へ踏みこむと、あちらの寝台の下に、こちらの机の下に、腕を歪げ、脚を延ばし、ごろ〳〵と転つた白蠟の屍体。ぶちまけた血潮の河。鋭るどい銃剣に抉ぐられ、ペロリと露出した紫の臟腑。――

腐肉の匂いや血の匂いがたちこめる無数の戦死者の中で屍体処理の仕事をしていると、

「コン畜生」「アハヽヽ……」

一人の×××が、屍体の顔をゴリ〳〵と踏みつけてゐる。私の胸はかつと熱くなる。

これを書いたとき、〈戦争とは何んだ。戦争とは……〉という思いよりも、もう少し〈支那兵の戦死者〉たちに身を寄せていたように感じられる。×××の伏字はこの詩集ではここ一カ所だけだが、〈日本兵〉と読み当てなければならないのだろう。

満鉄の一員であるとはいえ、地方部土木課の仕事は、古川の心情を限りなく中国人の身に近づけていたのがわかる。

しかし、このような古川でも、一九三二・昭和七年三月一日「満洲国」ができると変わるのである。

詩集『氷の道』のあとがき「手記」に古川は〈満蒙は戦火の洗礼を受け、今新しい途上に立つてゐる。私も新しい支那服と支那靴を必要としてゐる。〉と書き、〈大同元年六月・奉天の旅宿にて〉とするす。あの「戦死者」の詩から八カ月ほどしかたっていない。大同元年とは、一九三二年三月一日、廃帝になっていた清朝最後の皇帝溥儀を執政に据え「満洲国」をつくった、そのはじめての年号大同を早速に使っているということになる。大同元年六月＝一九三二年六月に私は「満洲国」鉄嶺で生まれていて、〈新しい支那服と支那靴を必要としてゐる〉古川はその時三十歳近い小父さんである。古川の詩には赫爾蘇《フルス》、郭家店《カクカテン》、康平《コウヘイ》、楡樹台《ユジュダイ》、西豊《サイホウ》、岫巌城《ユウガンジョウ》などのいかにも「地方部」らしい地名が登場するが、私の生まれた町の鉄嶺、次に移り住んだ四平街《シヘイガイ》、そして耳になれた大石橋《ダイセッキョウ》、瓦房店《ガボウテン》、金州などの街にもゆかりが深かったことが、その詩や足跡からうかがわれてくる。

古川は、私のすぐ近くにいて、私を抱き上げてタカイタカーイとあやしてくれたり、ブランコを押してくれたりした小父さんの一人であっても不思議ではない。見知らぬ小父さんであっても、こうしたかすかな触れあいのなかで子どもは小父さんの心のうちの淋しさをなんとなくながら感じとり、小父さんに親しみを抱いたことを心の奥底にたたみこんだりする。古川賢一郎はどこか遠くの詩人ではなく、身近な小父さんの一人のように思われる。

それだけに〈新しい支那服〉に着替え〈新しい支那靴〉を履いた古川のその後の詩をみるのは、他人ごととは思えない苦しさが伴う。古川もこの時期は苦しかったのではなかろうか、詩作品をあまり書かずに各地の土俗人形、玩具の蒐集をしたり「満洲郷土色研究会」をつくったり、「支那の民謡」として何篇かを訳したりしている。仕事の方は、「北満鉄道」接収要員、哈爾浜《ハルピン》鉄路局工務処改良課、そして盧溝橋事件以後、日本と中国の間の戦争が全面化すると、日本軍占領地域の鉄道保全のために満鉄から派遣されて華北交通北京鉄路局工務処土木課に勤務するが、これは前線各地の鉄道復旧の工事関係だというから、戦争と真向かうような仕事だったのだろう。この生活と別れるのは一九四〇年七月。

大連日日新聞社出版部次長兼大陸生活研究会事務長となり、「満洲詩人会」「満洲文芸家協会」の設立会員となり、一九四二年三月の第一回満洲詩人会賞を受ける。このとき賞状・油絵とともに『大魯迅全集』全七巻を贈られたのをなんと受けとめたらいいだろう。同じ年六月に発足した「日本文学報国会・詩部門」にも入会しているのだ。この後に書かれたいわゆる戦争詩は『全詩集』とはいえ、〈まったく対象にならなかった。それは、戦争責任追及の眼から詩人をかばおうとする意図から出たものではない。要するに、作品がつまらなかったからである。〉という編集者西原和海の考えによって収録されてはいないが題名だけは年譜に記録されている。そこから戦勝祈願の献詩や愛国詩の夕べに参加し、「防空演習」「十二月八日の空で」「靖国神社に詣でて」「堕ちたり血汐の中に」などという詩を書いているのがわかってくる。題名からだけでは何とも言えないにしても、古川が足をとられ、のめりこんでいくさまを想像するのはとてもつらいことだが、見当ちがいではなかろう。

戦争詩だけではない。「満洲国建国十周年」(その時のシンボルデザインが真紅の十文字に瑞雲がからんでいたのを私もかすかに記憶している) の『慶祝詞華集』に寄せた「早春の村」には、

それが十年前の三月一日、ひどい嵐のあとの三月一日。
地平線の彼方に、小さい丸い灯が現はれた。真赤な血の色をした灯、その灯が、あつ！といふ間もなく村の上へ拡がつて来た。王道楽土！　民族協和！　えい、えい！　といふ掛声が、遠雷のやうに轟き渡り、大地を震はせ、灯は益々広がり、燦き燃え上り、あ、新しい太陽となつた、若い世紀の太陽となつた。

〈ああ、満洲建国十年、生長した十年の歳月〉〈ああ、うつすらと、南の土手はうすみどり〉と「満洲国」をたたえてうたいあげている。——あの〈ごうまんな日本人に噛みつきたい〉と書いた古川賢一郎の姿は、どこにかき消えてしまったのか。

同じころに書かれた「殺意」という詩にはその古川の懊悩がもれ出ているように私には感じられる。煤煙の都会の雪道を黒い外套を着た猫背の男が行く、

僕はこの男の後から随いて行く
僕はこの男の前身を知つてゐる
此奴はもと土方であつた
此奴はもと苦力頭であつた
泥と匪賊の中で暮して来た男
今はひとかどの知識人のやうな
学者のやうな長髪をたくはえてゐる

都会人になりすましたこの男に、僕は〈殺意〉さえ抱いている。そしてその男の方はいつもつけていく僕を〈自己の良心の影だと怯えてゐるだらうか〉というのである。黒い外套の男は古川であり、〈僕〉もまた古川であろう、そして良心の影のような僕が、男をつけ、場合によっては——とポケットのナイフを握りしめるのだ。

自己剔抉《てっけつ》とまで言っては言いすぎかも知れないとしても、「早春の村」や戦争詩やらを書く都会人になりすました自分に、ナイフを突きつけたい時が、わずかではあっても古川にはあったことが私に伝わってくる。

「馬蘭花」もまた同じころの詩なのだが、戦争詩ともいえる〈いま、はるか南方の波濤を越へて／日本は大いなる戦ひにある／僕は感激の涙と瞋《いか》りを送る／日本人の決意を送る〉の一節をふくみながら、しかし〈僕は赫土の草／僕は砂丘の花／僕は北方に生命を曝す日本人〉と、ねじあやめのように固い蕾を引き裂いて北方の地「満洲」で花を咲かせたいと古川の願いがこめられる。

添えもののように使われた民謡調の「ねじあやめ」の花とは違って、古川は「馬蘭花」に自らを重ねている。

私は、幻の花だったねじあやめが、苦しい古川賢一郎の詩を伴って私の前に姿を現したことの意味について、あるいは意義について、胸に刻んでおきたいと思う。

なお古川は敗戦翌年の一九四六年、「大連日本人民主主義作家同盟」の結成に参加し、その年五月のメーデー行進に加わったという。そのとき古川の内部でどのような葛藤があったか、あるいはなかったか、それを知ることはできない。

歌

「娘娘祭《にゃんにゃんまつり》」

私が女学生が歌う方の（ということは小学生が歌う方のがあったということなのだが）「娘娘祭」を覚えたのは、そのときは国民学校といわれるようになっていた小学校四、五年のころのことだ。

私自身が女学生になったのは一九四五年春のことなので、それから敗戦の八月十五日までの四ヵ月というもの、いわゆる女学校の授業なるものはほとんど受けていない。いうまでもないことではあるが、不要不急の音楽の時間などにいたってはあるわけもないのだった。それでも私は教えられることのなかった女学校の歌のいくつかを歌うことができる。といってもそれは「故郷を離るる歌」「サンタルチア」「ローレライ」「菩提樹」といった定番ともいえる歌のことではない。これらの歌ならばいつのまにか歌えるようになってもいるし、その後の学校教育のなかで学んでもいる。けれども、私がいま頭の中に蘇らせている「娘娘祭」

などの歌は、学校で学ぶ機会が私にはついにめぐってくることはなかったので、私が歌えるようになった経路は、はっきり姉たちを通してと限定できるのだ。

〈粉屋ロバさんは／朝は早うから／せっせ精を出す／働き者……〉
〈冬近き巷／山査子《さんざし》売りの老頭児《ロートル》／リーゴリーゴ糖葫蘆児《タンホーロ》……〉
〈果てしも知らぬ／広野原／弦月あわく更くるとき／をちこちより名も知らぬ／けものの吠ゆる声聞こゆ……〉
〈いかだは凍りて／動かぬ川の／岸辺の木立ちに／風吠えて……〉
〈あたたかにとろとろペチカ燃えて……〉

こうして歌い出しのことばを並べただけでもわかってくることだが、これらはみんな「満洲」の風物をうたいあげたものだ。小学校では『国語』の正規の教科書のほかに『満洲補充読本』があってその土地の民俗伝説などについて学んだのだったが、音楽の方ははじめから『満洲小学唱歌』というものがあった。ここに挙げたような歌は、その女学校版ともいうべき音楽教科書のもののはずだが、私はといえば歌を歌うことはできてもその教科書の名称も知らないし、それぞれの歌の題さえもほとんど知らない。

学校が休みで、姉たちが旅順の女学校寄宿舎から普蘭店《フランテン》の家に帰省してきているときといえば、春でも夏でも冬でもいいわけなのだが、どういうわけかその記憶は夏休みのものだ。時間がたっぷりあってゆっくり流れていたから、歌はとっかえひっかえ幾度となく歌われ、私もその歌の魅力にとらわれていつの間にか覚えてしまったのだった。少し年のはなれた上の姉が歌うころは私も幼すぎたようで、ただ調子よい〈さらばふるさと／さらばふるさと／ふるさとさらーば〉という「故郷を離るる歌」のおわりの部分をまねていたぐらいのものだった記憶だ。「娘娘祭」などのいくつかの歌を、かたわらで聞いている私が覚えてしまうほどに歌っていたのは、学年でいえば四学年、年齢では三歳年上の中の姉だった。

中の姉、下の姉と私は夏休みのあいだ、応接間と呼んでいた部屋でそれぞれの時間をすごすことが多かった。姉は父の大きな机で勉強などしていて、私は迷惑がられながらくっついていっていたのかも知れない。その部屋の私の気に入りは、鉛筆で画かれたネルソン提督の大きな肖像画ではなく、隅の方に架かっている小さな絵の方だった。たぶん馬糞紙《ばふんし》といわれる黄色い板紙を活かして画かれたのだろうその木立ちの中の小径はどこまでも続くようで、ソファのひじの部分にのって近寄ってしげしげと見つめたり、寝ころんで眺めては小径をたどってどこかへ行くことを空想する、それだけで時間はすぎていった。本を読むこともあったが家の本箱にはあまり魅力的な本はなかったので、母親の大事にしている豊川エルザの編み物の本をひっぱり出してこっそりのぞいたりした。私などが顔をあわせることのなかったいちばん上の姉を喪《うしな》ったあと、そのつらさを耐えるために母が編み物や洋裁を学んだことは聞き知っていた。だから、母にとってその本は特別に大切なものだったようで、口に出して禁止することもありはしたが、なによりも先にいやがっている表情が顔にでた。三人で頭を寄せ合ってあれこれぺたぺたと手で触ることができるのは婦人雑誌の付録の薄っぺらいスタイルブックで、そういうときはセーターや洋服のスタイルだけではなく、それを着ているモデルの女優さんの好き嫌いも言い合うのだった。私はムーラン・ルージュの明日待子《あしたまちこ》のどこかちょっと生意気そうなところに惹かれていた。そのくせ一方では少しぼっとした感じの朝霧鏡子《あさぎりきようこ》もいいと思っていたのだ。それにしても「ムーラン・ルージュ」ってなんだろう、それは全く未知の言葉であり、少しあやしげなところがあって、ひそかに憧れを抱くことになったのだった。

憧れといえば、部厚くって大判の外国の服飾雑誌『ヴォーグ』が一冊だけあった。それは特別号のようなものだったらしく、スタイルブックの部分のほかに、服飾全般にわたるレース編みの意匠のいろいろから刺繡模様、スモックかがりのパターンなどを並べたページがつづいていた。そこに登場しているファッションは、スリムで胴長、ロー・ウェストといわれるドレスだそうで、帽子の方はつばがほとんどなく頭を深くすっぽりおおう型のもので、この帽子には見覚えがあった。納戸にしている部屋に置かれた簞笥《たんす》のひきだしには見たこともないものがいろいろはいっていてこっそりのぞかずにはおられなかったものだが、この帽子もいくつかはいっていた。どれをかぶってみてもふきだしたくなるような感じだったし、自分たちのコーヒー碗を伏せたような丸いクラウンに反《そ》りぎみの広いつば、リボンがぐるりを巻いて結んで垂れている帽子を見慣れている眼には、可愛いなどとはとても思えないものだった。そう遠い昔のものであるわけはない。私が生まれるより前に八歳で亡くなったという（一九二二年生まれの）長女である姉と、その三歳年下になるいまの上の姉の二人がかぶったものとしか考えられなかったが、それにしてはいくつもあってぜいたくなのではないかと思われた。『ヴォーグ』のなかの世界もそうだが、現実にはつながりがあるらしいのに、信じられないようなところがある。七歳ちがうだけなのに、上の姉が育った時代というのは、質実な暮らしぶりのわが家のいまとはかけはなれた生活があったらしく、ときには幻ではなかったかと思わされたりするのだ。

そういうことからいえば、中の姉や下の姉との間にはこれほどの育った時代の差違は感じない。私のとりとめのない時間のなかで、とりわけ中の姉を通して女学校版「満洲」の歌を覚えて歌うようになっていて、ときには三人で輪唱することもあったのだった。とかくこういう聞き覚えの歌の場合は歌詞がいいかげんになる場合が多いのだが、たいていは一番だけしか覚えてはいないものの、不思議にもきちんと覚えている（つもりである）。それはメロディーについてもいえることのように思われ、その点は伝達者である姉に感謝しなければならないのであろう。

「娘娘祭」はそんな歌のなかの一つ。

一楡《にれ》の若葉の風薫る　窓に衣《きぬ》縫う小娘が
　針の手しばし休めつつ
　指折りてみぬ幾日《いくか》にて　娘娘祭来たるかと

二畑の地ならし高粱の　種播《ま》き終えし里人が
　晴着装《よそお》いて集うさま

胸にえがきて頬染めぬ　娘娘祭はや近し

歌っているうちに自分がそのなかの小娘になって窓辺で着物を縫いながら祭の日を夢みている気分になってくるのだった。声を高くはらなくてはならないところなどは小学生には無理のようなところもあったが、そこは気分が高まるところでもあったので、なにがなんでも声をだしてみた。『満洲小学唱歌』の方の小学生向きの「娘娘祭」は、あまりにも子どもっぽいものでつまらない。

一娘娘祭だうららかだ　娘娘祭だお参りだ
赤い晴着に日がさして　人形も通るよ
しばいもあるよ　おどりもあるよ

二娘娘祭だ人の波　娘娘祭だ馬車の海
わか葉そよ風やなぎ風　ふえも聞こえる
どらも聞こえる　花火もあがる

三にこにこ笑ってすれ違い　お話しながらゆきすぎて
ならぶ店々売子たち　せんこうもあるよ
おもちゃもあるよ　なんでもあるよ

にぎやかなお祭に行ってみたくなるような歌のことばだけれども、メロディーは元気な調子だから、歌っていて心がふるえてくるようなところはないのだった。いまこの二つを並べてみるが、くらべてみる方が無理なのかも知れない。小学校のはいま目の前にくりひろげられている祭の情景そのものを描き、女学生用のは小娘が抱く祭の日への期待がもりあげられているのだ。

それにしてもいまになって知ることになったのだが、この二つともが〈村山㚖作詞・園山民平作曲〉でつくられている。この二人のコンビは、小学校唱歌の定番中の定番であるピージャンピージャン、ジャンジャラジャンの「高脚《たかあし》おどり」や粉雪さらッさらッの「こな雪」をつくっている。調べてみれば先にあげた女学校の歌の数々もそうなのかも知れない。

娘娘祭のいわれについては『満洲補充読本』（三年）で学んでいる。そのあらましは、

――塩を荷馬車で運んでいた若者が、つかれはてた様子の三人の娘に出会う。きけば同じ方向の大石橋《ダイセッキョウ》の町へ行くというので乗せてやったところ、町を前にしたころ急に車が動かなくなり、三人の娘はそこで降りて山に登る。その足どりはおどろくほどの速さだ。山のいただき近くでお祈りをはじめた娘たちには後光がさし、やがておごそかな音楽がきこえるなか娘たちは天にのぼっていった。村人はそこに三つの廟をたてた。山は迷鎮山、廟は娘娘廟である。――というのだ。読本の方には祭のにぎやかさなどは一行も書いてはないけれども、遠く近くの村々から集まってきた幌付き荷馬車が山のふもとでおしあいへしあいしている写真がのっていて、そのにぎやかさを物語っていた。

大石橋の場合、三つの廟に祀られているのは雲霄《ウンショウ》、避霄《ヒショウ》、瓊霄《ケイショウ》の三娘娘で、それぞれに福寿、治眼、子授けの女神として信仰されているというのだが、私はといえば、娘娘祭をなんとなく娘さんたちが大っぴらにお祭に出かけられる女の祭のように、子どもの時に仕入れた知識で思い込んできていた。

けれども私はこういった思い込みをそのままもちつづけていることはできないようだ。

蕭紅（一九一一～四二）の『呼蘭河《フランホ》の物語』（呼蘭河は中国東北部ハルピンに近い街で蕭紅

の故郷でもある）は、この思い込みをあらためることを私にうながしている。

七章からなるこの長篇小説の第二章のはじめには〈呼蘭河には……精神面でもいくつか盛大な行事があった〉として〈神おろし、秧歌《ヤンコー》おどり、灯籠流し、村芝居、四月十八日の娘娘廟大祭〉が列挙されている。これを見つけたときの私は、小説の流れや順序を無視して「娘娘廟大祭」が書かれている第四節をひらいてみないではおられなかった。子どものときから夢みていた娘娘祭がそこにどのようにくりひろげられるのか、少しでも早く知りたい気持が私を急がせた。それらは私の抱いてきた娘娘祭をいっそう楽しくふくらませてくれるはずだという期待も働いていた。

しかし――この甘い気持は打ち砕かれる。

にぎやかな人出で息も詰まるような雑踏では、まずたくさんの迷い子たちがでる。縁日には子どもをひきつける雄鶏《おんどり》笛、人形笛、呼子笛、竹笛が並び、大きいのから小さいのまである不倒翁（起き上がり小法師《こぼし》）は選ぶのもたいへんだ。けれども、祭の場に楽しく遊びにくり出している女たちが、その日常の暮らしのなかでは、どんな立場に置かれているかを蕭紅はなによりも書かずにはおられないようだ。

呼蘭河の娘娘廟の近くには老爺廟《ラオイエ》（関帝廟）がある。参詣の人びとはもともとは子どもや孫を授けてもらいにくるのだからまずは娘娘さまに詣らなければならないはずだが、〈みなはあの世でもやはり男尊女卑だと思っているから〉先に老爺廟へいってから娘娘廟へまわる。老爺廟のご神体は丈も高く威風凜凜、力に満ちあふれているのに対して、娘娘の方はおとなしそうで〈誰しも娘娘は大したことはない〉と（女たちまでが）感じている。

〈泥の像をこしらえるのは男である。〉〈かれがどうして女をあんなに温厚そうにつくったのかというと、それは人びとに、温厚なものはおとなしい、おとなしいのは欺しやすいということを教え、さあどんどん欺しなさいよ、と教えるためなのである。〉娘娘が温厚そのものなのはいつも殴られてばかりいることの結果であって天性のものではない。家のなかで男は「娘娘さまさえ老爺の拳固《げんこ》がこわいんだぞ」と男が女を殴るのは当然だと振舞う。――蕭紅がこのように娘娘を描いてみせたのは、蕭紅自身が中国社会のなかで、女性であるがゆえの苦しみや理不尽さを我が身に味わいながら生きていたということでもあろう。

私はといえば、蕭紅の前に立って一言もない。中国社会を親しく感じてきたつもりの自分は、もの珍しげに眺めている見物人にすぎず、表面だけみてわかったつもりになっているだけたちが悪いともいえる。

補充読本にあった大石橋の三娘娘伝説は、それはそれでうそがあったわけではない。しかしこの蕭紅の文章に出会ってみると、その伝説はあまりにもきれいにまとめられたものに思えてくる。

手許の本で調べてみると、娘娘信仰というのは中国でも北部から東北部でさかんだったもので、清代の敦崇がまとめた『北京年中行事記』(=燕京歳時記)には北京にある五ヵ所のうちでも盛んな西頂《シーティン》の娘娘廟が記されている。福寿、活眼、授児に加えて疱瘡よけ、豊穣など雑多な母神群が信仰されている。娘娘の語意には皇后・女神・母親などがあるが、親しみからか祭は神を祀るというよりは娯楽の場、商取引きの場にしてしまったようだ。中国語辞典には、娘娘廟に泥人形をあげて願かけする=むだ骨折りをするという諺《ことわざ》として載せられている始末。ということは、蕭紅がいうように女たち自身が娘娘さまを〈大したことはない〉と軽んじ、楽しみの場に利用しているだけということになるだろうか。

こうなってくると、「娘娘祭」の歌は、単純に祭のにぎわいを歌った方の小学生用のはともかくとして、胸のうちをふるわせて歌った女学生用の方は、植民者である日本人が「満洲」情緒としてとらえたものであることが見えてくる。けれども歌というのはかなしいもので、理性的な理解とは別のところで、この歌の魅力からのがれることはなかなかむずかしいのだ。

手許に一冊の副読本『我等の郷土』（南満洲教科書編集部編、一九三五年初版、一九四〇年修正第六版）を持っている。物忘れしているだけかも知れないが教室で学んだ記憶はない。〈我等の郷土〉とは「関東州」をさしていて、概括的に述べたあとに「私どものかくご」という見出しが示される。なにを覚悟するのか。〈……それ故、我が関東州は、日本の大陸発展の足場として、一そう大切なところとなりました。私どもはよくこれらのことを考へて、この郷土のます〳〵よくなるやうにつとめなければなりません。又、満洲や支那の言語・風俗・習慣などは、私どもとは大きなちがひがあるのですから、常にこれを知ることにつとめ、広い大きな心をもつてこれ等の国の人々に交り、共々に東亜の平和を固めて行くやうに心掛けねばなりません。〉と結ばれているが、言語をうばい、風俗をうばい、姓名までうばった朝鮮での植民統治の方法とは違っているとはいえ、『満洲補充読本』も『満洲小学唱歌』もこの目的のもとにあったことがはっきりする。

そしてこの〈私どものかくご〉の基本は、はじめに書かれている〈関東州は日清・日露の両戦役をへて、遂に我が国が治めるやうになつた土地で、この両戦役に戦死せられた我等の祖先の英霊が、親しく見守つてゐられる所であります。〉にあるといっていいだろう。この文中には「関東神宮」地鎮祭（一九四〇年）の写真も付けられている。

歌といえば、もう一つの歌のことがあった。

我が家にある蓄音機は、電蓄は大きなキャビネットが残っているだけで、そのころは手まわしでねじを巻く方式のものだった。レコードもほんのわずかしかなく、私が幼稚園に通うころにはすでに子どもの遊ぶがままにまかされるものになっていた。猿蟹合戦のレコードや、父の後輩ということで鉄嶺《テツレイ》時代には往き来もあった東海林太郎の「赤城の子守唄」などという流行歌までを聴いたあげく、なぜか、いま思えば粛然というような心持で聴く一枚があった。

「ティエンティィーネイ、ヨウリァオシンマンチョウ……シンマンチョウ……ウークーウヨウ……」（天地内有了新満洲……新満洲……無苦無憂……）、はじめだけはどうやらそれらしく歌っているが、あとはレコードに合わせたつもりでただただ、めちゃくちゃに歌ってみているだけで、意味などわかるはずもなかった。

一九三二年から一九四五年、あしかけで数えても僅か十四年、それは短いといえば短いが、その重石の下に日々を暮らした人々にとっては、またそのさなかにあってはいつ終わるかもわからない長い重苦しい日々であった十四年、その間だけ存在した「満洲国」の国歌であった(この歌は十年間ほど歌われて後、新しい国歌がつくられている)。歌詞はめちゃくちゃでしかなかったとはいえ、メロディーだけはいやおうなく私のなかに残っている。

そのころ住んでいた場所は租借地である「関東州」だったので、なにかにつけて「満洲国国歌」を歌うという場面はなかったと思う。ただ父は、「満洲事変」(三一年九月)や「満洲国建国」(三二年三月)より前である一九三〇年七月から「満洲金融組合」鉄嶺の理事を務めており、「満洲国」ができるや、「満洲国国歌」を歌わなければならない立場にあったはずだから、レコードはそのとき手に入れたものであろう。

この歌を私は歌ってみようとは思わない。けれども歌ってみようと思う人たちもいて、たとえば五、六歳年上の人々には青春前期に歌ったことと重なるからでもあろう。昔の級友と肩をならべて歌おうという気持になるらしい。頭を寄せ合っても、肝心の歌詞がそろわないとなると、当時『少年倶楽部』に載っていたことを思い出して国立国会図書館を尋ね、あるいは発行出版社に問い合わせ、古書蒐集家に世話をかけて探し求める。そこまでしてやっと一九四〇年発行の『満洲開拓歌曲集』、同じころの『標準軍歌集』などでの掲載にたどりつく。しかし、なんのことはない、この歌は、戦後も三十余年をたつころには『ああ大満洲』などというLPレコードが出て、そのなかに収められている。これが日本という国のありさまだ。

「満洲国国歌」を歌ってみようなどという人に対して、私は〝時代錯誤〟という言葉を投げつけたくなるのだが、どこまでも求めて熱中していく、時代錯誤かどうか考える余裕すら失って熱中していくようなものが、私自身にまるきりないと言えるかどうか、実は身震いを感じてもいる。私自身はいくらなんでも「満洲国国歌」なるものをまちがえても歌おうとは思わないけれども、そのメロディーの方は私のなかに住みついて居すわったままなのだ。

この苦い思いを伝えるのはなかなかに難しいことだ。同時代を経験した人たちにもなかなか伝わらない。過ぎた青春のなかに組み込み、よき時代の思い出にだけ生きているとその自分の姿を見失うことになることだけは肝に銘じておこう。

イギリス王室直系の王子が、カギ十字のナチス紋章をつけて仮装パーティに出かけたことがあるが、すぐに非難され、歴史の再教育となったようだ。うかうかしていると、過去の亡霊がまるでカッコイイかのような形で立ち現れる。

私がかかわっている同人誌『象《しょう》』四七号の校正を共同でみていたときに、千早耿一郎のエッセー「暴力の螺旋階段」中の〈さらば、行け！「いざ行けつわもの！」アメリカ政権の

「醜の御楯〈しこのみたて〉」となって行け。「草むす屍、水漬く屍、ブッシュの辺にこそ死なめ、かえりみはせじ」と。〉という部分で、私などよりかなり年下の同人が、うん？　とつまずいたような声を出した。〈水漬く〉屍がすっと直ちには読めなかったのだ。こんな文字は、私の年代の者は、読むというより先に〈ミヅク〉かばねと知っていた。——私はこんな文字なんか読めなくていい、と思う。

ずっと以前に吉野山への乗換駅の「橿原」が読めない年下の友人がいたときにもそう思った。

私などは〈ミヅクカバネ〉と同様、小学校二年生で〈カシハラ〉と読めた。——弓の先に止まった金の鵄《とび》（軍人最高栄誉の金鵄《キンシ》勲章の絵がらがここからきていることも教えられていた）に導かれて日本の国を最初に平定した神武天皇が祀られているのが橿原神宮なのだ。昭和十五年は「皇紀二千六百年」にあたり、これは西洋の一九四〇年よりはるかに長い歴史であり、しかも日本の天皇は神武天皇以来、ずっと続く「万世一系」で世界に誇るものなのだと、幾度も幾度も教えこまれてきたのだ。

橿原といえば、今では「橿原考古学研究所」というので知られているが、私がカシハラと読むことができるその出発点は、考古学とは真逆のところにあったことは、どう考えても苦々しい。

二十五、六年前に、一度だけ橿原神宮を見に行ったことがある。吉野の桜見物の一行にはぐれてしまい、ついでに立ち寄ってみたのだ。建物は〈建国の地〉ということを表してであろう、簡素な白木造りで、境内も飾り気なく砂利ばかりのだだっ広いもの。歴史年表には「紀元二千六百年」の年（昭和十五年）正月三ヵ日の参拝者が百二十五万人で前年の二十倍だったと記されている。敷きつめられた砂利を踏みしめるあふれる人の波を思い浮かべるばかりだった。夕方近くもう訪れる人もいなくなった境内に観光ガイドさんに導かれて幾人かの人たちがやってきて、そそくさと去っていった。拝殿の脇にある池は、手入れもあまり行きとどいていないようで、幾羽もの鳰《にお》（かいつぶり）がもぐっては顔を出す姿があちこちに見られた。

橿原だけではなくあのころは時代の流れのなかでちいさな子どもが、難しい文字を読むように慣らされていた。〈執れ膺懲の銃と剣〉（「進軍の歌」）は〈トレヨウチョウノジュウトケン〉であり、その関連で〈暴支膺懲〉も読める文字となっていた。

「児島高徳」という歌は天皇に対する忠義の心をうたったものだっただろうが、〈桜の幹に十字の詩――テンコウセンヲムナシウスルナカレ、トキニハンレイナキニシモアラズ（天莫空勾践、時非無范蠡)〉など、意味がわからなくても歌であればうたうこともでき、天皇を救い出そうとして果たせなかった児島高徳の悲壮な思いだけは感じとることができたのだ。

歌がどれほど脳の隅隅にまで沁みこんでいたか。

先に引用した千早耿一郎の短い文章からでさえ、自然に三つの歌が立ちあがってくる。私はそれを望んではいないのに、どうしようもなくむこうから姿をあらわすのだ。

千早がこの文章を書くとき、千早の内部にも歌が下敷きになっていたということがあって、私の内蔵している歌が引きずり出されてくるということにもなるのであろう。

〈いざ行けつわもの!〉という文字をみただけでメロディーが流れはじめ、出てくる歌は――〈わが大君に召されたる/生命《いのち》栄光《はえ》ある朝ぼらけ/讃えて送る一億の/歓呼は高く天を衝く/いざ征けつわもの日本男児〉(「出征兵士を送る歌」)だ。この歌で兄をふくむどれだけ多くの人を送り出したかと思うと重い気持になる。それでも、そのときは声を限りに本気になって一所懸命にうたったのだ。

メロディーのある歌としての〈醜の御楯〉があったのかどうかは思い出せないのだが、和歌・短歌など覚えるのが苦手な私なのに、〈今日よりは顧みなくて大君の醜の御楯といで立つわれは〉という歌句がすらすらと出てくるところが不可解なところだ。あのころは、講堂の壇の左側にいろいろな和歌が大きな掛軸のように垂らされたから、その一つであったのだろうか。本居宣長の〈敷島の大和ごころをひと問はば朝日に匂ふ山ざくら花〉もその一つだが、〈御民《みたみ》われ生ける験《しるし》あり天地《あめつち》の栄ゆるときにあへらく思へば〉などというのに至ってはメロディーもつけられて幾度も歌の練習をしている。

私のなかでは、どういうわけか〈醜の御楯〉とくれば、「海ゆかば」がまるでセットであるかのように思い浮かんでくるので、漠然と「海ゆかば」が長歌の一部であり、「今日よりは」はその反歌としての短歌だなどと思い込んでいたのだが、それでもこの際確かめておこうと、『防人の歌』という小説も書いていて万葉集に詳しい千早に訊ねてみると、次のことを教えてくれた。

〈今日よりは〉（四三七三番）は下野国の防人、火長今奉部与曽布《かちょういままつりべのよそふ》、〈御民われ〉（九九六番）は海犬飼宿禰岡麿《あまのいぬかいのすくね》の和歌であり、「海ゆかば」は、四〇九四番、陸奥国で黄金が出たことを寿《ことほ》いで詠んだ大伴家持《やかもち》の長歌の、その部分のことばだけを抽《ぬ》き出したものであることを確かめることができた。長歌全体の本意からはずれて、都合のよいところを使ったのだ。——とはいえ、「海ゆかば」（信時潔作曲）には荘重な感じが漂っていて、子ども心に惹かれるものがあったと思う。

小学校四、五年のころだったはずだが、それまで学年ごとにあった「小学○年生」という月刊雑誌が、低学年と高学年にまとめられたうえに、薄っぺらで楽しくない『少国民の友』になった。ほとんど読まずにほったらかしてあったのをあるとき気まぐれに開いてみたら、ちょっといい文章に出合うことになった。藁苞《わらづと》にさした姉様人形に心うばわれてその売り手を追っかけて旅人宿を渡りあるいてゆく男が主人公だった。それほどの姉様人形を私もみてみたいと思ったのだったが、この男はその後に、ドイツ製のオルゴール仕掛けの揺り籃に眠る赤ん坊の人形に出合って、ドイツを見直す心持になるという話だった。日独伊三国同盟に寄り添うものとして用意された話だったのだろうが、読み手の私は、そのようなオルゴールをみたいと、ずっと思いつづけることになる。

ふん、『少国民の友』もまんざら捨てたものではないと、次に読んだのが、ある演奏家の話だ。その楽器がなんだったかはまるきり覚えていないのだが、いくさの色あいが濃くなるなかで、演奏する場も意欲もなくしていた主人公が、放送局に連れていかれ、「海ゆかば」の演奏場面に出合ったことで、自分の生きる道を見出していく、というような話だった。『少国民の友』では、たったこの二つの話だけを覚えている。記憶力がいいのではない。たぶん心に響くものがあったということなのだ。どういうわけか、二つとも時代になじめないで落ちこぼれていた人間が、再生して国のすすめる道を歩むようになる話だ。姉様人形や揺り籃のオルゴールは手にすることができないものだったけれども、ラジオから流れてくる「海ゆかば」を聴くことは幾度もあった。

いまよく考えてみれば、「海ゆかば」に惹かれるものを感じたのは歌そのもの、メロディーそのものに感動したというよりは、バックを流れる演奏に心惹かれたのではなかろうか。なぜなら、私の思い浮かべるこの曲には〈海ゆかば……水漬く屍……〉という歌の合い間合い間に、ジャジャジャーンという間奏が入るからだ。多分、ラジオから流れてくる歌を支えていたのはオーケストラなのだろう。

本格的な音楽など聞いたこともない子どもの耳に、重層的なオーケストラの響きが感動を与えたのではなかったろうか。

「海ゆかば」は、戦争の敗色が濃くなるにつれて、全員絶滅を「玉砕」などと報ずるその前置きとして必ず流される曲となった。荘重で悲壮な感じは、いま思えば負け戦《いくさ》につづく負け戦を表明しているようなものだが、そのただなかで聴くときにはむしろ、いよいよ緊迫し、〈大君の辺《へ》にこそ死なめ〉の決意をたかめる戦意高揚歌の役割を果たしていたはずだ。

この厄介なもの

歌は厄介なものだという意味では、

藍より蒼き　大空に　大空に
たちまち開く　百千の
真白きバラの　花もよう
みよ落下傘　空に降り
みよ落下傘　空をゆく
みよ落下傘　空をゆく

という歌からも私は抜けだせないでいる。うたうと、まっ蒼の空に落下傘の白いバラがつぎつぎと開いていく情景が眼の裏にひろがっていく。これが戦場場面であることはわかっていた。けれどもこの一番だけをうたっていれば、眼の裏の風景はとても美しい。そしてメロディーもとてもいいのだ。歌の本で調べてみると、作曲者は若き日の高木東六なのだった。そして〈空をゆく〉は〈空を征く〉という文字があてられ、題名は「空の神兵」、三番の歌詞は、

讃えよ空の　神兵を　神兵を
肉弾粉と　砕くとも
撃ちてしやまむ　大和魂《やまとだま》
わが丈夫《ますらお》は　天降《あまくだ》る
わが皇軍は　天降る
わが皇軍は　天降る

とあって、ここまでくると目をおおいたくなるばかりの戦時歌謡なのに、一番しかうたっていなかった私には、それとは関係なく好きな歌として心の底に定着しているのだ。

私自身の心の奥底には　どれだけの歌が根をおろしているのだろうか。

好きかそうでないか、自分に合っているか合っていないかとは別に、歌は勝手に私の中に沈みこみ定着している。歌を覚えはじめた幼いころから、女学校一年の敗戦のときまで、戦時下のことで、とくに後半は出征兵士を駅まで送りに行くことも多かったから、軍歌や戦時歌謡のいくつかをかなりうたっている。私はそれらをいまさらうたってみようとはおもわない。蓋をして顔をそむけたい。直視することは避けたい。

けれども、小田実の次の文章を、いやそれはちがうのではないかと思って読んで以来、やはり一度、自分の知っている限りを記憶の奥底から引きずり出して白日の下にさらすことが必要、と思うに至ったのだった。


大きな誤解があると思う。戦時中には、みんなが軍歌を歌っていたというような誤解だ。私自身ふつうの子供でふつうの小学校、いや、「国民学校」、さらには陸軍大将と海軍提督を出したことをいばっていて「質実剛健」を売り物にしていたふつうの公立中学に通ったが、いったいその私の子供の人生でどれだけ軍歌を歌ったか、あるいは、歌わされたか——たいした数でなかったことはたしかだ。たいていはふつうの歌を歌っていた。ただ、こういうことはあった。子供が好きこのんで歌うふつうの歌はもうたいしてなかった。軍歌——軍歌調のものが多かった。この事情はたしかにあった。

しかし、大人にはふつうの歌があった。軍歌も歌ったが、いや、軍隊に入れば力ずくで歌わされたが、ふつうの歌も歌い、口ずさんでいた。そして、ここで重要なこととして強調しておきたいのは、国民の半分を占める女性たちが軍歌を歌わず、口ずさまず、ふつうの歌、たとえば、「ラララ、紅い花束車に積んで……」「すみれの花咲く頃」を歌い、口ずさんでいたことだ。（「ラララ、紅い花束車に積んで」『本』二〇〇三年八月、講談社）

小田は、

「ラララ、紅い花束車に積んで……」の一行で始まる「春の唄」という唄がある。つづけて、第一節だけ歌詞を書きつづけると、「春が来た来た　丘から町へ　菫《すみれ》買ひましよ　あの花売りの　可愛《かは》い瞳《ひとみ》に春のゆめ」。曲は軽快なリズムの曲で、歌詞とあいまって、聞いていると、いかにも「春が来た」の感じになる。いや、ただ「春が来た」のではない。「春が来た来た」だ。

と書きはじめていて、敗戦のときには四十五歳だったという母親は、この唄の発表以来ずっと、一九四五年、大阪の町が再三のアメリカ空軍の爆撃で〈一方的な殺戮と破壊〉を受けて焼野原となった時も、この軽快な曲「春の唄」を口ずさんでいたというのだ。

せめて「春の唄」でもうたわなければ、焼野原におしつぶされそうになる自分を元気づけることができなかったであろう、そのときの母親の心のありようには小田は触れないで、〈誤解があると思う。戦争中には、みんなが軍歌を歌っていたというような誤解だ。〉〈私の子供の人生でどれだけ軍歌を歌ったか〉ということに結びつけている。ここで私は〈いや違う〉と言いたくなるのだ。

「春の唄」は、一九三八年に「国民歌謡」としてJOBK（大阪中央放送局）から発表され、作詞者である関西の詩人喜志邦三は、作詞にあたって阪急電車西宮北口駅近くのモダンな市場をイメージしていたというから、小田の母親たち関西の人々にとってはいっそう親しみ深いものとして愛されることになったのであろう。

（ちなみに、JOBK「国民歌謡」第一弾は「春の唄」の前年、日中戦争開始の年一九三七年十一月の「海ゆかば」であった。）

歌というものは厄介なものだから、どれだけ多くうたったか、よりも、どれだけ心の奥底に沈みこませたか、の方がより問題にされなければならないと私は考える。

七十年近くもたったいまでも朝鮮人の従軍慰安婦だった女性が〈真白き富士の気高さを／心の強い楯として／御国につくす女《おみな》らは……〉と、かつて教えこまれた「愛国の花」をうたうことができ、女子勤労挺身隊として働かされた朝鮮人女性が〈若い血潮の予科練の……〉と「若鷲の歌」を完全にうたうことができ、さらには〈なびく黒髪きりりと結び……我等乙女の挺身隊〉という工場の行き帰りに歌わされた「輝く黒髪 女子挺身隊の歌」をはっきり覚えているどころかすらすらと書くことができる人までいる——それはテレビに映し出された人や取材に応じた一握りの人だけではない多くの人の心の底に残っているということに思いを至す必要を感じる。

どれだけうたったか、よりも、望まなくても、追い出してしまいたくても、歌というものは心の奥底に定着してしまうということを私は恨みに思うし、そのことに思いを寄せることが大事だと考えるのだ。

林淑美の論文「〈奉体〉という再生産システムをめぐって」（『昭和イデオロギー』、平凡社、二〇〇五年）のなかで、戸坂潤の次の文章に出合った。〈実際に思想動員が実行されたとするなら（中略）、その動員の状態は恐らく、何よりも確実に半永久的な物として効果を止《とど》めざるを得ないのが事実だらう。〉戸坂は、政治的動員が解消されることがあった場合でも、〈思想なるものの動員は、一旦実行されたが最後、そう容易に動員解消にはなり得ない。〉〈その思想はその後も或る程度まで動員された方向に向つて依然として益々組織的発育を遂げて行くだらう。〉（『世界の一環としての日本』付記「思想動員論」、白揚社、一九三七年）と述べている。

私の心の奥底に巣喰った歌たちが、追い出したくても出ていかないのは「思想動員」をうけているからではないだろうか。敗戦の僅か六日前に獄死した戸坂だったが、戸坂はすでに「思想動員」の深刻さを看破していたといえる。

戦前の、特別に音感にすぐれた人ではない普通の人が、幼児のころから小学校卒業ころまでの間に歌ったり覚えたりする歌の数は、どのくらいだったのだろうか。そしてまた、それを年をとるまでどのくらい覚えているのだろうか。

私自身の場合について、ある時それをリストアップしてみたことがある（ほとんどが耳で覚えたものなので勝手に歌詞がつくりかえられてしまったところもあるが）。

まわらない口で歌うことからはじまる。雑誌の付録のような冊子をもち出してきて畳の上で開いて手で押さえ、一ページ目から知っている歌を次から次へと歌う。これも遊びなのだ。まだ幼稚園には行っていないから、幼稚園の歌は知らない。旦子《あさこ》ちゃんの方は小学校にあがっていて文字が読めるから、たよりになる。たよりになるのはもう一つ、さし絵がある。〈くまざさほいさっさ、風吹きゃほいさっさ、あの子にこの子、ほいさっさのほいさっさ、サンキラこわい、よけよけ進め〉。サンキラ(山帰来《さんきらい》、さるとりいばら)はどんなものだか知らないけれど、こわいものらしい。この歌には棒切れを持った子どもの群れが草原を進んでいくさし絵がある。次は、〈昭和、昭和、ショーワの子どもよー、ぼくたちは元気なからだ、みなぎる力、(中略)行こうよ行こう、足なみそろえて、タララ、タララ、タラララ〉となる。これを歌いはじめると、なんだか、いつのまにか自分も、子どもの仲間入りをしたような気分になってくる。

◇あの町この町――あの町この町日が暮れる　日が暮れる　いまきたこの道かえりゃんせ
　かえりゃんせ　おうちがだんだん遠くなる
◇叱られて――叱られて叱られて　あの子は町までおつかいに
◇人形――わたしの人形はよい人形

◇青い目の人形──青い目をしたお人形はアメリカうまれのセルロイド
◇あわて床屋──春ははようから川辺の葦に
◇うさぎのダンス──ソソラソラソラうさぎのダンス
◇待ちぼうけ──待ちぼうけ　待ちぼうけ　あるひせっせと野良かせぎ　そこへ兎がとんでて
◇赤い靴──赤い靴はいてた女の子　異人さんにつれられていっちゃった
◇証誠寺の狸囃子──しょしょしょじょじ　証誠寺の庭は
◇カナリヤ──唄を忘れたカナリヤは　後ろの山に棄てましょか　いえいえそれはなりませぬ
◇お山のお猿──お山のお猿は毬が好き
◇あめふり──あめあめふれふれ　かあさんが　じゃのめでおむかえうれしいな
◇雨降りお月さん──雨降りお月さん雲の陰　お嫁にいくときゃだれとゆく
◇花嫁人形──きんらんどんすの帯しめながら　花嫁御寮はなぜなくのだろ
◇てるてる坊主──てるてる坊主てる坊主　あしたてんきにしておくれ
◇月の砂漠──月の砂漠をはるばると

◇この道――この道はいつかきた道

今思い返してみると、野口雨情、北原白秋、西條八十といった人たちによる創作童謡が中心になっている。めちゃくちゃに歌っているようでも、小さい子どもなりに、「叱られて」や「あの町この町」のさびしさがわかる心も芽生えていたように思う。

近所の遊び友だちと遊ぶときは、からだを動かしながらのわらべうただ。

◇通りゃんせ　◇かごめかごめ　◇いちかけにかけでさんをかけ
◇はないちもんめ　◇ずいずいずっころばしごまみそずい　◇夕日をみればね

「通りゃんせ」でも「かごめかごめ」でも「ずいずいずっころばし」でも、わけのわからないところがあるけれど、昔からの子どもの遊びうたらしい。ただ、「いちかけにかけでさんをかけ」だけは、〈私は九州鹿児島の、西郷隆盛娘です、明治十年三月に、切腹なされし父上の、お墓詣りに参ります……〉のところでは、みんな手をお腹《なか》のあたりでま横に動かして切腹をする形をとるのだ。よくはわからないまま切腹は遠くはないところにたしかに存在していた。西郷が西南戦争に敗れて自刃してから六十年がたっていた。

幼稚園にはいれば、第一の定番は「むすんでひらいて」で、この歌をオルガンにあわせてみんなと動作をつけながら歌うと、幼稚園の子どもになったよろこびを実感することになる。幼稚園では歌といっしょにお遊戯も覚える。

◇ちょうちょう　◇さくら　◇月　◇かたつむり　◇靴がなる
◇夕日——ぎんぎんぎらぎら　◇春が来た　◇富士の山　◇子馬　◇おうま
◇うさぎ　◇こがねむし　◇まりと殿様　◇お正月　◇どんぐりころころ
◇ゆうやけこやけ　◇スズメの学校　◇たわらはごろごろ

昔話を主題にした歌を覚えたのは幼稚園から小学校の低学年のころだったただろうか。

◇ももたろう　◇モモタロウ　◇金太郎　◇花咲爺さん　◇浦島太郎
◇兎と亀　◇一寸法師　◇牛若丸　◇大黒さま　◇二宮金次郎

小学校にはいると、音楽の教科書だけは自分たちの『満洲小学唱歌』（南満洲教科書編集部編）を使う。歌詞が国語の教科書にものっている「さくら」や「富士の山」や「雨がやむ」も組み込んであるけれど、「わたしたち」をはじめとして、

◇粉雪　◇高脚おどり　◇ペンペン草　◇刈れ刈れコウリャン
◇ばふんころがし　◇木の芽が出たよ　◇ねんねこ柳の猫の子は　◇南満本線

などなど、育っている土地の季節感覚がぴったりする歌に出合う。歌っていればそのまま風景が目の前に浮かんでくる歌だ。

たぶん、この教科書は国民学校になって教科書内容が変わった時に廃止されたのだろう。金州国民学校になってから使った教科書の、

◇母――母こそは命のいずみ
◇四季の雨――ふるともみえじ春の雨
◇スキー――山は白銀

◇工場だ機械だ鉄だよ音だよ

には、なにかしらなじめないものを感じていた。特に、はじめの二つの、ねばりつくような感覚は受け入れたくないものに思えた。

姉たちが歌うので覚えてしまった歌は、学校で出合うことはついになかったが、私の心には定着している。

◇故郷を離るるうた　◇故郷の廃家　◇庭の千草　◇故郷の空　◇埴生の宿
◇旅愁　◇青葉の笛　◇荒城の月　◇美しき天然　◇箱根八里　◇翁草
◇粉屋ロバさん　◇娘娘祭　◇冬近き巷　◇果てしも知らぬ広野原
◇筏は凍りて動かぬ川の　◇美しき　◇菩提樹　◇流浪の民
◇スミレの花咲くころ

そして番外編のような歌がある。

◇紀元は二千六百年　◇わたしゃ会社員　◇アイルランドの娘　◇日の丸行進曲
◇野崎小唄　◇妻恋道中　◇九段の母　◇兵隊さんよありがとう
◇かもめのすいへいさん　◇支那の夜　◇蘇州夜曲　◇満洲娘

「紀元は二千六百年」は一九四〇・昭和十五年のものだから、私自身も歌う機会がよくあったが、ちょうどそのころ、陸軍病院への慰問隊がつくられた。母は慰問品の造花や人形を作る奥様がたをよび集めたり、慰問へ行くときの中心人物にすえられていた。友だちの女の子や憧れのお姉さんや、少し年のいった小母さんが踊り手たちで、慰問の前にリハーサルのように一通りを私たちにも見せてくれる機会が幾度もあったから、少し系列の違う歌が私の世界にもはいってきたのだ。

また、別の少し系列の違う歌がある。夏の夕方などに父の散歩についていった時に父が歌っていた歌で、なんと、日清・日露戦争、あるいはもう少し前の軍歌だ。

◇抜刀隊――吾は官軍我が敵は
◇敵は幾万――敵は幾万ありとても　全て烏合の勢なるぞ

◇勇敢なる水兵――煙も見えず雲もなく
◇雪の進軍――雪の進軍　氷を踏んで　どれが河やら道さえ知れず　馬はたおれるすてもおけず　ここは何処《いずく》ぞ　みな敵の国
◇軍艦行進曲――守るも攻むるも
◇橘中佐――遼陽城頭夜は更けて
◇戦友――ここはお国を何百里
◇討匪行――どこまで続くぬかるみぞ　三日二夜を食もなく　雨降りしぶく鉄兜
◇ああ我が戦友――満目百里雪白く

「雪の進軍」や「討匪行」の歌詞（いくらかあやしいけれども）をみると、〈三日《みっか》二夜《ふたよ》を食もなく〉戦闘下の苦しい場面に兵隊が耐えていることが子どもにだって伝わってくるものだ。それは乃木希典の「山川草木《さんせんそうもく》」の詩吟のおわりが「金州城外斜陽に立つ」と結ばれたところに至って、その前の句の「征馬進まず、人語らず」の苦しさの重みが増し、足元が崩れるほどのさびしさに襲われるのとどこか通じている。

軍歌や戦時歌謡もこのあたりまでがうけ入れられる境い目のように思う。

出征する人を送って旗をふりながら歌った歌がある。

◇日本陸軍——天に代わりて不義を討つ
◇露営の歌——勝ってくるぞと勇ましく
◇出征兵士を送る歌——わが大君に召されたる
◇歩兵の本領——万朶の桜か襟のいろ
◇暁にいのる——あーあーあの顔であの声で
◇上海便り——拝啓ごぶさたしましたが
◇父よあなたはつよかった——父よあなたはつよかった　兜も焦がす炎熱を
◇空の勇士——恩賜の煙草をいただいて
◇愛馬進軍歌——くにを出てから幾月ぞ
◇学徒動員の歌——花も蕾の若桜　五尺の命ひっさげて

いまよくみてみると、おかしなことに、これらの歌の半分は、兵隊自身の立場で歌われた歌詞になっている。

〈歓呼の声に送られて、今ぞいで出つ父母の国、勝たずば生きて帰らじと、誓《ちこ》う心の勇ましさ〉（「日本陸軍」）

〈夢に出てきた父上に、死んで帰れと励まされ、なんで命が惜しかろう〉（「露営の歌」）

〈花も蕾の若桜、五尺の命ひっさげて、国の大事に殉ずるは、我ら学徒の面目ぞ、ああ紅《くれない》の血は燃ゆる〉（「学徒動員の歌」）

六十五年以上たった今になっても、多少の間違いはあるとしても、こうしてすらすらとそらんじることができるのは、それだけ回を重ねて歌ったということだろうか。

どの歌にも「死」がいろいろな形で出てきている。死んで帰れ、と送り出しているのだ。子どもだったとはいえ、なんということをしてしまったのだと今は思う。しかし、これらの歌は、「もういやだ！　出て行ってくれ」といっても、出て行かないで、今もしぶとく私の心の底に居すわっている。

〈ラ、ラ、ラ、紅い花束車に積んで……〉の「春の唄」や明るくて軽快な〈お使いは、自転車で、気軽にいきましょ……〉（たしか映画「ハナ子さん」で轟夕起子が歌った）といった少しだけ華やかな唄は、どこかに追いやられて、次から次に戦時歌謡が作られていた。私が知っているのだけでもかなりのものだ。

◇燃ゆる大空――燃ゆる大空　気流だ雲だ

◇荒鷲の歌――見たか銀翼この勇姿

◇若鷲の歌――若い血潮の予科練の　七つボタンは桜に錨

◇月月火水木金金――朝だ夜明けだ

◇加藤隼戦闘隊――エンジンの音轟々と

◇ラバウル航空隊――銀翼つらねて南の前線

◇ラバウル小唄――さらばラバウルよ　またくるまでは

◇轟沈――かわいい魚雷といっしょに積んだ　……　男所帯は気ままなものよ

◇太平洋行進曲――海の民なら男なら

◇空の神兵――藍より碧き大空に大空に

◇麦と兵隊――徐州徐州と人馬は進む

◇九段の母――上野駅から九段まで

◇そうだその意気――なんにも言えず　靖国の宮のきざはしひれふせば

◇大空に祈る――風吹きゃ嵐にならぬよう

◇くろがねの力――清新の血は朝日と燃えて
◇勝利の日まで――丘にはためくあの日の丸を
◇必勝の歌――肉を切らせて骨を切る
◇いさおを胸に――いろはのいの字は命のいの字
◇日の丸行進曲――母の背中に小さい手で
◇めんこい仔馬――ぬれた仔馬のたてがみを
◇隣組――とんとんとんからりと隣組
◇愛国行進曲――見よ東海の空あけて
◇愛国の花――真白き富士の気高さを

明治十八年製の「抜刀隊の歌」から知っていて、あまりのことに笑い出したくなる。私も小田実と同じ一九三二年生まれだ。物心ついてからは、中国遼東半島の先端部分の租借地関東州の普蘭店で育ち、金州で敗戦をむかえた。考えてみれば、日露戦争から四十年たってはいない。そのころの塹壕《ざんごう》が残っている山や野原をかけまわり、守備隊こそいなかったが「守備隊の丘」の名称は身近にあり、金州では毎月八日の大詔奉戴日には学校行事として南山に登って乃木希典の「山川草木」の詩碑の前で、詩吟を朗詠した。そうした私一身の特殊な環境のせいなのだろうか、古い軍歌から軍国歌謡まで、これほど知っていたのかと、今さらながら思い知る。小田は〈たいした数ではなかった〉というが、私には他の普通の歌を駆逐するに充分の数だ。

ガラクタのような歌を内蔵してしまったのは、植民地という環境と少しのかかわりがあったのかも知れない。

ひとり遊びの時間

ひとり遊びもいいものだ。こわい遊びを発見したのも自分ひとりだけで遊んでいるときだった。それは「大」の字をつけたいくらいの発見だけれど、だれにも教えない。ピーナッツの片割れみたいにいつも一緒の、すぐ上の姉の旦子《あさこ》ちゃんにも、これだけは教えてやらない。そのくらいなのだから、仲の良い英ちゃん則ちゃん智ちゃん、それからおかあさんにも話さない。

ある日、たてよこ三、四十センチほどの木枠をつけた鏡をもちだして遊んでいた。これは兄姉たちきょうだいの上の方のだれかがひびわれさせてしまった姿見の、よいところだけをとって作ったものだということで、一番下の子である私からしてみれば、これによって家にも昔は姿見の鏡台があったことを知る、たった一つの手がかりといえるものだった。そして、もうこの形になってしまった鏡は、遊びの道具にもちだしてきても叱られる心配もなかったし、子どもの手で自由にもち運ぶこともできて、ひやひやすることもなかった。といって鏡で遊ぶのもほんのちょっとの間だけ、鏡は畳の上に置きっぱなしになる。ある日その鏡を、上からふいとのぞいてみたとたん、いきなりくらくらした。目の前に深い穴があった。足はその穴のふちにある。こわくて逃げだそうにも身動きできない。ひきずり込まれたらどうしよう、ときどき見るあのわるい夢みたいだ。なにかにつかまってしまった感じから、ふっと逃げることができたのは、瞬間のことだ。目をそらせばいいのだった。

鏡が高い天井を映した分だけ深い穴になることがわかったのは、しばらくしてからだ。それでも、頭ではそう理解してからでも、鏡をもちだしてみると、目の前に現れる深い淵は身が震えるほどに感じられた。

ひとり遊びでこんな緊張にむきあうのも時にはいいものだけれども、ほんとうのところは、ごろごろねころんで、ぼんやりしているのがいちばんだ。

長いソファーにねころんで、ちょうど足の先にあたる壁をのぼっていくと一枚の絵がある。全体が黄色っぽくみえていかにも夕暮れどきだ。林のなかに一本の道がある。壁をつたった足は、その林のなかの道を歩いていきたいと思う。どこへ行くのか知らないけれど――。でも、どこかに行きついたためしはない。だからだろう、この道はいつまでたっても心にひっかかっている。

そういうことならば、あの道もまた同類のものだ。

座敷の間ではねころんで床の間と違い棚の境になっている床柱に足をあてて見ると、これがなかなか具合がいい。いぼいぼがあって足をだんだんと上にもっていくのにちょうどよいひっかかりになる。そのかっこうで、違い棚の方を眺めてみると、いつからそこにあったのだろう。少し大きめの壺がある。いままで気がつかなかったのが不思議としか思えない、とても面白い壺で、壺の外側に山奥があるのだ。中国の風景画にあるのとそっくりに、山の木々や崖や道があって、そこを人がゆったり歩いている。これは絵ではなく立体的に彫り出されているので、眺めているうちに私もその風景のなかの人と一緒に歩くことになる。どこへ行くのか知らないけれど、自分もそのなかにはいりこんでしまう。

桃源郷にもこんなふうにして行ってみたい。けれども、あの物語では一度行ったことのあるあの主人公だって、目印をつけて帰ってきたというのに二度と行きつくことはできなかったのだ。それだとしても桃源郷は地つづきのどこかにあるはずのものだった。だから私は、夢のなかで桃の花さく山里の道を歩くことにもなり、花の色も眼に鮮やかに映ることになったのだったろう。といっても、夢のなかの桃源郷は桃の花の色はくっきりとしていたものの、まわりには眼をやることもなかったから、あとから思い出そうにもぼんやりしているばかりだ。

ところが最近『桃源郷ものがたり』（文 松居直、絵 蔡皋、福音館書店、二〇〇二年）という大型絵本に出合う機会があって、嬉しくなった。見開きで二ページ分にくりひろげられる桃の花さく山里の風景は、さすが中国の現代絵本作家の手によって描かれただけに、すみずみまで暮らしのまことの姿をとらえている。物干しひとつとっても、竹の枝を払って三本組みあわせた二つの台の間に竿をかけたのが庭にあるし、軒先には、枝のふたまたになった部分を逆さにS字環のように使ったものがかけてある。太々とした葱が軒下に並べてあるかと思えば台所にころがしてあるのは青首だいこんだ。大きな俎板《まないた》が円形なのは、木の幹を輪切りにしたのをそのまま使っているのだろう。粉のあとがついている石臼もあれば、糸繰り車も子守りのためのいづめこのような籠もある。ひとつひとつをみているときりがないほど楽しく、発見がある。絵本だからゆっくり眺めればいい。

少し以前の私たちの暮らしとたいして変わってはいない桃源郷の暮らしぶりだ。壺の外側の山奥の道も、桃源郷の里も、はるか遠くかも知れないし、行きつくことはできないかも知れないけれど、この地を歩いていくとどこかにちゃんとある世界なのだということを信じていていいのだと思う。

「黄鶴楼」などは、どこかにあると想像するどころか、現実に、ものすごいと言いたくなるような、エレベーターまで設置された観光用の立派な楼閣が建てられている。黄鶴楼の絵はがきで、中国での三国志の旅から帰ったところだと友人から便りをもらったことがあった。私のなかでは黄鶴楼のものがたりはどこかにあった話ではあるけれども、この絵はがきの黄鶴楼のあまりの立派さには思わず笑ってしまった。黄土色の瓦はしっかりした色合いで、五層の庇《ひさし》が堂々と張り出している。黄鶴楼という建物そのものが現実に存在していたことについては、八世紀唐の時代の詩人李白の詩に出てくることでも知られている。

故人西のかた黄鶴楼を辞し
煙花三月揚州に下る
孤帆の遠影碧空に尽き
ただ見る長江の天際に流るるを

（「黄鶴楼にて孟浩然の広陵にゆくを送る」）

私の電子辞書では黄鶴楼の映像をみながらこの詩の朗読をきくこともできる。しかし、黄鶴楼のいわれを解説するものとして、〈むかし仙人が黄いろい鶴に乗って飛んでいったという伝説がある〉とか、〈黄いろい鶴に乗って去った仙人を偲んで建てたとされる〉とかあるだけなのは、私にしてみれば、あまりにもつまらなく思われてならない。

あまりきれいでもない酒房で、酒に酔った客たちが歌に興じ、手拍子をうちはじめると壁の絵の鶴が抜け出してきて大きな翼をひろげて舞う。この鶴は、金もたずに酒をのみに通ってきていた老人が、さいそく一つしない酒房の主人辛《シン》さんへのお礼にと壁に描いていったものなのだ。この鶴の評判で店は大繁昌。辛さんが大金持になったころ、あの老人がやってきて笛を吹いて鶴を呼びだす。老人は鶴の背にまたがって空の彼方へ去って行ってしまうが、辛さんはこのことを記念して黄鶴楼を建てたのだそうだ。

——伝えられるこの話のなかではどうもあいまいに語られていて気に喰わないところがある。「黄いろい鶴」と気やすくいってくれるな、と思う。鶴が黄いろいのは、老人が壁に鶴の絵を描くとき、そこにあったみかんの皮で描いたから、黄いろい鶴になってしまったのだ。それが忘れられてしまっているのが気に入らない。私がはじめてこの話に出合ったとき、ふんふん、このみかんの皮ね、と老人や鶴をいっそう身近に思ったのだったから、ここのところは大事なところなのだ。

物語の世界と、身近な現実の世界の境い目をまるきり知らなかったわけではなかったが、あちらとこちらを往き来する橋があるのは楽しいことだった。その楽しみは本を読むことのなかにあった。読書はひとり遊びの最高のものといってよい。

しかし――ところから私のうらみつらみが噴きだしてくる。

私にはずっと図書館への憧れがあった。前にも触れていることだが。

いちばん上の一人だけの男きょうだいである兄とは十一歳はなれているし、兄の結核を自宅で療養するのに、母は他の者に伝染しないように実に神経質なまでに隔離した時期があったこともあるだろうが、この兄のこととなると、私に伝わるころには伝説になっている。私の出生地である鉄嶺《テツレイ》では、兄は図書館に入りびたっていたというのだ。そのころ鉄嶺には満鉄の付属図書館があり、余談ではあるが後に「赤城の子守唄」で歌手になる東海林太郎がそのころ図書館長をしていたこともあり、学部は違うがたとえば共に若き日の大山郁夫の教えをうけるなど東海林は父の早稲田の後輩というつながりもあった。図書館通いで兄は常識ばかり発達した子どもになり、学校の授業などつまらなくなってしまったのだそうだ。とはいえ、兄のこうしたことから十一歳はなれた当方も迷惑をこうむることになる。兄の病弱、結核は本ばかり読んでいた結果ということになっていたからだ。さらに一方に、小説は面白いものだけれど勉強の邪魔になるから読まないという秀才がずっと年上の従兄のなかにいたこともあって、家では子どものための本をあまり買い揃えてはくれなかった。グリム童話などは学校の貧弱な本棚にあった部厚くて重たい本を家に持ち帰って読んだものだし、はまだひろすけ『龍の目のなみだ』のような新しい童話は貸してくれる友だちがいた。また本をたくさんもっている友だちの家に入りびたって読みふけることもよくあった。それもまた友だちと群れて遊ぶことの一変形のようなものと考えられるが、その家家によって漫画ののらくろをシリーズで揃えている友だちもいれば、日本名作選、世界名作選を並べている家もあった。

兄における図書館は、私にとっては伝説のようなものだったが、上の姉の女学校の図書室の話は夢とはいえ、もう少しで手がとどきそうな、すぐそこまできている夢だった。考えてみればまだ幼いともいえる少女の身で女学校一年から親元を離れて寄宿舎生活をしなければならないこともたいへんだったとは思うが、それでも旅順の寄宿舎から帰省した姉は、なんでも聞きたがる眼を輝かせた三人の妹たちの前ではまさに語り部、実に細やかにさまざまな話をいきいきと語ってくれた。そのなかに女学校の図書室の話もあって、みんなが読みたがる本はなかなか借りられないことなども、女学生たちが自由に本を選んでいる姿が想像されて、とても楽しいことのように思われた。女学校に行けば図書室がある、というのはわくわくするような、約束された夢であることを、そのときは少しもうたがってはいなかった。

だが、図書室なるものはそれより早く、私の前に姿だけは現した。一学年が四十人前後、全校あわせて二百五十人ほどの小さな普蘭店《フランテン》国民学校から、一学年が二〜三学級、高等科も設置されている金州《キンシユウ》国民学校に転校したのは五年生の二学期だ（一九四三・昭和十八年）。玄関からまっすぐに幅広い階段があり、それはおどり場で左右ふた手に分かれて折り返し昇っていく。その突き当たりに図書室があったのだ。ちょうど玄関広間の真上にあたり、隣の校長室と見合うほどの立派な扉だ。

これが図書室。この部屋にどんな本が並んでいるのだろう。いつが貸し出し日なの、という私の問いにはかばかしい返答はない。ノブを回してひっぱってみても、鍵がかけられている。そして、この部屋は、この日のあともずっと開かずの部屋のままになってしまった。眠り姫にははいってはならない部屋というのがあるけれども、図書室もそうだった。心にかかったまま卒業してしまった。

なぜそんなことになってしまったか。

国民学校は〈皇国ノ道ニ則ッタ皇国民ノ基礎的練成〉の場として位置づけられていたので、成人男子が兵隊にとられ、工場生産の場に駆り出されたあと生産力不足、物資不足の補充にまわることが教育のなかに位置づけられて組みこまれていた。文部省が考えたのは麦踏み、干し草とり、養蚕の手伝い、田の草とり、麦刈り、稲刈り、むしろ作り、薬草採取、廃品回収、繊維をとるための桑の皮むき、飛行機燃料のための松根油、油をとるためのヒマの栽培、どんぐり拾い、応召軍人の歓送、遺家族の慰問……など子どもは勤労奉仕に忙しかった。私自身はこれらの作業をあまり経験してはいないとはいえ、実にさまざまな課題が子どもたちに負わされていることの時代に、「本を読みたい」などという気持を抱いていることとさえとがめられることだったには違いない。学校が図書室を開放して本を貸しだすことなどに労力をかけることは考えられないことでもあった。

しかしそれよりもなによりも、いま所蔵している図書の内容そのものが子どもたちに見せてはならない自由主義的なものをふくんでいたのだったのだ。国民学校によっては、文部省の通達をまじめにうけとめて、家にある外国の子どもの本を集めて、焼却処分したところもある。

この当時の私がはた目にはどのように映っていたかは知らないが、いってみれば非行少女の芽を抱えこんでいた。もともとリクツを並べて反論を試みる子どもではあったけれども、反抗することに楽しみを感じていたわけではない。なにかしら周囲の状況と自分とが合わなくなっていたのだ。こんなとき「非行」のあれこれをいちいちとがめられることがなかったのはありがたいことだった。

このころ上の姉が土産にと一冊の本をもってきた。えんじ色の絹のような光沢の布装で『パレアナ』と金文字がくっきりと押してある。これこそが年齢にふさわしい読み物だったのかも知れないが、そのときは適当に織り込まれた恋の話にも（敏感なはずなのに）気がつかず、キリスト教の教会活動にはまるきり縁がなかったこともあって、この物語の世界になじめなかったし理解もできなかった。どんなにつらいと思われる状況のなかからでも喜びを見つけだす「喜びの遊び」を自分自身がやってみようという気持をおこすなどということはなかったけれども、パレアナは、少し私を支えてくれたのだったかも知れない。

戦時下の読書について思い返すと、猛烈な渇きでのどがひきつれそうになる。

「風と共に去りぬ」はちょっと背伸びしたところだが、「マリウス」や「ファニー」は年不相応だったというよりほかない。

心から読みたいというわけでもない読み物に手をだしてしまったことはとり返しがつかな

い。

戦後、図書館のおはなしの部屋から出てきた少女が「あーあ、胸がはりさけそうにおもしろかった」と叫んだという話をきくと、私の子ども時代はなんだったか、と眉を吊り上げたくなり、戦争の時代へのうらみつらみがふつふつしてくるのである。

食べもの万華鏡

餃子のことなど

私の生まれ育った家では、七十年以上も前から家で餃子（子どもの頃は「豚まんじゅう」と言いならわしていた）を作ってきた。それは、そのころ通いで家事の手伝いに来ていた中国人のシーフから教えてもらったものだという。媳婦《シーフ》というのは結婚している若い女のことだが、赤ん坊だった私にシーフの記憶は全くない。それでも、シーフにならったという餃子を私も日常のこととしてつくりつづけてきた。

それは皮づくりからはじまる。皮はメリケン粉を耳たぶほどの加減にこねて濡れぶきんをかけてねかせたあと、もう一度練り直して小分けし、その一つを両手で棒状にする。それを小口から切ってちょっとつぶし、一つ一つを麺棒でのばして包み皮に仕上げる。このとき取り粉が多すぎると包むとき皮どうしのくっつきが悪くなるし、少ないとのばし板や麺棒にくっつき穴アキの原因になる。

具はどうか。それは千差万別、季節らしくよりどりであっていいのだが、わが家では、いつも豚肉と葱（季節によってはニラ）のワンパターンだった。平切りの豚肉を出刃包丁でたたき刻む。たたきながらそこへ葱を刻みこんでいく。葱のツンツンしたにおいに涙を流しながら、葱と肉が渾然一体ねっとりとした状態になるまで、幾度もたたみ込んでは縦横にたたく。そこへ醤油、油、おろししょうがを加えると、もうあの独特の香りがにおい立つ。

具を包みこんだ餃子はもやしと一緒にゆで、針金であんだ網杓子（公学堂の生徒が針金であんだ網杓子はこの時とても具合がよかった）ですくいあげ、大根おろしの酢醤油でたべる。この大根おろし、というのまでがシーフの直伝だったかどうか、これは母親の工夫だったかもしれない。

幼稚園に通う頃からは、私も餃子づくりの一員になった。それからずうっと、といいたいところだが、中断するよりほかない時期をはさんでいる。考えてみれば、その時は、皮をのばすとき、妙に麵棒にくっつきやすかったり、すぐに穴アキになってしまったりということがあった時から徐々にはじまってきていたのだが、ある日突然にメリケン粉が変貌したかのように感じられたのだった。配給された粉のことを父はフスマだといった。はじめてきく言葉だったが、メリケン粉をつくるときに除く小麦の外皮で、鶏のえさにするものだという。

外皮をとり除かない全粒粉というのではなく、むしろ外皮のほうだけといった方がよいくらいのものだ。そんな粉でも、餃子づくりに挑戦したが、この場合はせっかく苦労して形をつくったものの、湯に入れるととろけてしまった。そこで、今度は配給されたとうもろこし粉を使って再び挑戦する。麵棒ではだめなので指先でのばしてみたが、七、八ミリ以上うすくすることができない。具を包んでも皮どうしがうまくくっつかない。無理をして煮立った湯にそっとすべりこませると、くちはいっそうぱっくりと開いて嘲笑うかのようだった。

あるとき、右遠《うどお》俊郎の自伝的小説『アカシアの街に』を読んでいて、私は、これとそっくりの餃子に出会うことになった。ふいのことだったが、一瞬のうちに理解した、あれだ！と。

〈さっそくご馳走が運ばれた。彼らも配給暮らしで、特に中国人には米が渡されないから、主に豚肉と野菜の料理だ。驚いたのは包米《パオミー》（とうもろこし）の粉で作った、普通の三倍ぐらいあるギョウザだった〉という。大きなギョウザだ。薄くのばすことができない包米粉の皮だからこそ大きくなってしまう。それでもギョウザの形にした苦心の作だ。

右遠俊郎は、大連の小中学校を経て旅順高等学校に進んだけれども、校則違反で放校中の身の上。一時的な勤務先で同僚となった中国人の家に入隊を前にして招待された場面でのことだ。長く大連の中国人公学堂の教師だった父親が、春から金州南金書院の教頭になっていたから、右遠は、勤務先を金州でみつけ、この招待してくれた中国人同僚も金州城の西門外の農家ということになっている。そうだとすれば、とうもろこし粉で分厚い皮の餃子をつくっていた私の家とは五キロも離れていない位置のはずだ。

もう一つ、湯に入れればとろけてしまうより他なかったフスマ粉については、その恨みも、時がすぎて心の底の底に沈み込んでいることさえ忘れていたある時、ふっとまたそれがいっそう鮮やかに蘇ってくることになる。それは、老舎の作品『四世同堂』のなかでのことだった。老舎という作家は、北京の風物をいとおしさをこめて描く人だが、餃子といえば、喜びの場で家族みんなでたべるものとして、全篇のさまざまな場面に登場させている。

だがしかし、日本軍占領下、命令一つで北京（そのころは中国の首都は南京にあったので北平《ペイピン》といわれていた）は食糧のない町になった。夏のさかりに立ちん坊で並んでやっと手に入れた「協和粉」なるものは、まったくえたいの知れない粉だ。これでなにがつくれるか、餃子？　うどん？　饅頭《まんとう》？〈この奇妙なしろものは、水に出合うと、ある部分はすぐにネチネチと手や鉢に粘りつきまるでニカワのようである。またある部分は水を加えても湯を加えても、どうしてもいっしょにまざり合わない。……どんなにしてもこれを麺棒でうすくのばすことはできない——だから餃子やウドンは絶対につくれない〉。

結局は鍋に貼りつけてむし焼きにするが、それもレンガのようでのどを通すのもむずかしいようなゲテモノにしかならなかった。

そう、全くこの通り。わが家の餃子づくりが中断を余儀なくされた粉もこれだったのだ。

いまは、よいメリケン粉がある。

テレビで神技といってよいほどの餃子の皮づくりをみた。北京近郊保定の白運亭包子舗の調理場だ。両端のとがった二本の麵棒をたくみにあやつって、目にもとまらぬほどの速さで伸ばし、はねあげていく。最高一分間に百枚という人もいるという。二本の麵棒をあやつりながらリズミカルにたてる音が、店全体の仕事の流れを仕切っているのだそうだ。技もすばらしいが、これこそまさに食文化というものではないかと、感動で涙ぐむ。

けれど、こんな食文化もあの時代にはあっけないほど簡単に破壊されたのだった。


ところで、私はここで思わず子どものころから言いならわしていたメリケン粉などという言葉を使ってしまったけれども、これは私の意識の底に、あの粉を練るときの匂いと共々に、「メリケン粉」という言葉が定着してしまっているからだ。今では薄力粉や強力粉など分類されるほどに上等な「小麦粉」がでまわっていて私をとまどわせる。メリケンとはアメリカのことだ。針穴が細長い縫い針をメリケン針などといっていたが、アメリカと戦争をはじめるころには、この言葉が禁止されるより先に物資不足の方がやってきて、メリケン粉やメリケン針は姿を消していたのではなかったろうか。

私が中国映画をみるたのしみのひとつはものを食べる場面にある。特別な大御馳走を望んでいるわけではない。ただひとびとが、なにをどんな風にたべているのかを、のぞいて見たいのだ。

『菊豆』でも『秋菊の物語』でも、革命前と革命後と、時代はかけはなれているのに、登場人物たちは、無造作に丼をかかえて、時には歩きまわりながら食事をしている。何をたべているか見せてほしいけれどゆっくり見せてはくれない。それは映画監督が食べることを軽んじているせいか、というとそうではない。食べることをきっちり位置づけているからこその結果だと言えるように思う。

たとえば陳凱歌《チエンカイコー》の『黄色い大地』は、水に恵まれない土地が舞台になっている。映画は村の旦那の家の嫁とりではじまる。嫁になる娘が赤い御輿にかつがれ、チャルメラや太鼓の楽隊の音もにぎやかに村にやってくる。儀式がおわれば、集まった村人たちに御馳走がふるまわれる、しかしそれはとことん「大盤振舞い」とはいかない。大皿に並んだ二匹の魚はカメラが近寄ってみると、焼き目がつけられた魚の形をした板なのだ。〃縁起もの〃だから、形だけでもねえ、というわけだ。旦那衆の家の一世一代の嫁とりでさえもこうだから、村人の日常は食べものもままならない状態だ。ふいごを使ってかまどの火はあおっているが、湯を沸かすばかりでこの家では調理した家庭の料理が皿に盛られる場面もない。湯を沸かすその濁り水さえも遠い河から汲みあげて天秤棒で運んでくる貴重なものなのだ。畑仕事をする父親と弟にとどけられた昼食も底に沈んだつぶつぶの部分を、父親が自分の碗から息子の碗にうつし入れてやるところをみると、粟《あわ》だか黍《きび》だかが泳いでいるようなうすい粥なのだろう。カメラは決してその碗のなかみをクローズアップしたりはしない。それが映画監督陳凱歌の食へのこだわりなのだろう。

この『黄色い大地』の撮影を担当していたのが張芸謀《チャンイーモー》だ。彼も食べることと食べる物にこだわりつづけていて、彼が監督した映画のなかにきちっと食を位置づけているのが伝わってくる。『単騎、千里を走る。』でも、村をあげての食事場面がたのしかった。広場があるのかどうかは知らないが、家と家との間の狭くて細長い空間にしつらえるので、食卓は長い長い食卓になってしまうのだが、そこには村をあげてのふれあいやにぎやかさがある。それはこのあとの場面で、両親のいない少年をおれたちは村の子どもとしてみんなで育ててきた、という村長の主張につながる場面だといえる。

この張芸謀監督は『初恋のきた道』では、村へ赴任してきた青年教師とひそかにこがれる村の娘（この初《う》い初《う》いしい娘の役は、今ではアクション女優としても大活躍の章子怡《チャンツーイー》だった）との間をささやかにつなぐものとして食べものが位置づけられている。『初恋のきた道』は娘のいじらしい恋心があまりにも素直に描かれていたこともあって、スクリーンの前にいる私もついつい胸の奥深くにかくし込んでいた琴線を共振させることになった。実は、この映画を観ようという動機のひとつは〈移ろいゆく季節のなかで〝食〟が伝え育む人間の絆、都会からやってきた青年に少女はお料理をつくる、言葉にできない想いをこめて〉という惹き文句に加えて、チラシの下の方に華北の素朴な料理として、葱油餅（ねぎ焼きもち）、磨姑水餃（きのこギョーザ）、素炒青椒（いためピーマン）、鶏蛋西葫芦（ズッキーニと卵のいため物）、小米炒飯（あわチャーハン）の写真が並べられていたからなので、私の関心をそそるものがあった。だが、この映画には材料、料理方法などはでてこない。そのかわりに、つくった料理をあの人に食べてもらいたいという娘のいちずな想いがあふれ伝わってくるのだ。

山の村で学校をつくることになり、町からやってきた青年教師に娘はひと目で心をひかれるが、もちろんそれは自分の胸の内に秘めている。校舎の建築は青年も加わって村の男たちの手で進められ、女たちはつくった弁当を台の上に置いて、遠くから眺めているだけだ。台の上の弁当はだれがどれをとって食べてもいいのだから、自分のつくった料理を青年に食べてもらいたいと切ない想いを込めた弁当をだれが食べることになるかは運まかせ。離れたところにある女たちの溜り場から青年が自分の弁当を取り上げてくれるかどうかを、背のびしながら一心にみつめる娘の姿はいじらしい。あの青年に自分の料理を食べてほしいというたったそれだけの願い、それがすべてなのである。

赤い上着の娘がきのこギョーザを入れた青花鉢を腕にかかえ、山の木立ちの間をすり抜けすり抜けしながら駆けていく。青年教師は村の家庭で順ぐりに食事をとることになっていて、きょうは娘の家の番だった。朝早くから支度した幾皿かを並べた昼食のときに、娘は青年からきのこギョーザが好きなことを聞き出してこさえたのだったが、この日、町からやってきた人が青年をせきたてて連れていったという。

この急な出立には、青年が右派ということで批判されているという事情があるらしいけれども、でも、あの人のためにつくったこのきのこギョーザはどうしても食べてもらいたい。山の近道を駆ければ馬車に追いつくかも知れない。息を切らせながら、駆けつづけて、やっと、下の道を走っていく馬車の姿をとらえたとき、山の斜面を降りる足をふみはずし、大事に抱えてきた青花鉢が腕からとびだす。鉢は割れ、きのこギョーザは地面に散らばり、馬車の姿は小さくなっていく。気がついてみると青年にもらった赤い髪どめまでがなくなっていて、この一瞬の無残に娘はうちひしがれる。

日に日に深まるばかりの娘の悲しみは目の見えない娘の祖母にも伝わって、祖母は村にやってきた瀬戸物修理（かすがい打ち）の職人をよびとめて割れた青花鉢をつないでもらう。これじゃ買った方が安いよ、先祖代々の鉢？　だれかの形見？　と職人にいわれるが、祖母は、あの青年が使った鉢だけでも娘に残してやりたいと思ったのだった。

娘は町からの道に立って青年が戻ってくるのを待ちつづける。あのとき青年が旧暦の十二月八日には帰るといった言葉だけがたよりなのだ。娘のひたむきな気持に打たれた村人の助力もあって二人は結ばれ男の子にめぐまれる。

いまこの息子は、昔からのやり方で父親の葬式をやりたいと依怙地《いこじ》なまで主張する母親の願いに困惑させられるが、父と母の恋の成り行きがこの道と深くかかわることを知って受けいれる。棺を蓋う布は母親が自分の手で織るといい、町の病院から村へ父親の遺体を運ぶとき、徒歩でかついで、道のところどころで「村に帰ってきたよう」と叫んで魂に知らせたいという。今は自動車で運べばわけない時代だが、というより歩きでということになると、むしろ棺の担い手がそろわない。村は町から離れているから、交代の人など全部で三十人以上、そのうえ酒、タバコ代を加えると金もかかるのだ。しかし、父と母の結ばれた成り行きが今は都会で働いている息子の心を動かす。(この映画の原題は「我的父親母親」と字幕にあった。)

それにしてもこの張芸謀監督は、二十数年前から『紅いコーリャン』『菊豆』『上海ルージュ』などといった極彩色を印象づけられる映画をつくってきたものだが、『初恋のきた道』の前作『あの子を探して』(一九九九年)あたりから、とても素朴で一所懸命に生きている若い世代を描こうとしているようだ。しかし考えてみると『紅いコーリャン』では老酒造り、『菊豆』では幾筋もの染め物が吊るされた染色場と、中国の昔からの物作り現場を映像にとどめていたのだった。『初恋のきた道』でも、昔からの風習への人間味あるこだわりや、新築する校舎の柱を巻く赤い布を娘が小さくて単純なはた織機で織る場面や、その同じはた織機がほこりをかぶり、かろうじて修理技術をもった人がいて、やっと棺を覆う布を織ることができる場面をうつしとどめている。

私は以前「かすがい打ち」というエッセーのおわりに〈鋸碗的（チュイワンダ）はどこかにものを大切にする社会があって生きのびているのだろうか。それとも、もはや幻の職人なのだろうか。〉と書いたことがあるが、映画で瀬戸物修理の職人が登場して、かすがい打ちをみせてくれたのはおどろきであり、大きな喜びだった。パンフレットには天秤棒をかついで村を行く写真が記録されている。

映画のなかの場面は一九五八年のことなのだが、映画の制作は二〇〇〇年。少なくともそのときに映画に出演し、かすがい打ちをすることができる職人と技術が絶えてはいなかったのだ。

一九五八年の校舎の壁に大きく書かれた文字が、社會、學習と繁体字で書かれていたのにも目をとめたが、中国で簡体字の基礎が中央でかためられたのがこの年だったことなどを張芸謀監督はきちんととらえており、みえないところで、風習、手仕事、時代への強いこだわりがにじみでているようだった。

餃子をつくるということは、人と人をつなぐことなのかもしれない。『再見《ツアイチエン》――また逢う日まで』（兪鐘《ユイチョン》監督）の原題は『我的兄弟姉妹』。両親をいちどきに失った四人の兄妹がちりぢりに別れ、再び会うまでを描いたこの映画は〈私たち兄弟姉妹は、天から舞う雪のよう。最初はバラバラだけど、地上で溶けて、氷になり……、やがて水となって……そして永遠に離れない。〉と結ばれる。この映画のパンフレットには登場する料理を再現させたものとして媽々水餃子（手作り水餃子）、西紅柿鶏蛋湯麵（トマトとたまご麵）、媽々包子（まーまの豚まん）の写真と簡単なレシピまでが載せられている。そう、食べものは死んでしまった媽々＝かあちゃんの思い出でもある。かつて父と母のいた家族の集う場面には、台の上にのし棒があり、母親と上の娘がつくり上げていく餃子が大きなひらざるの上に並べられている。このありふれた日常のひとこまのなかに家族がいたのだった。そして、これはありふれた我が家の風景にもつながるものだ。

太刀魚・真桑瓜など——市場と振り売り

普蘭店の中国人市場から出てくる中国人の多くが、ギンギンに光る太くて長い魚をひらひらとさせながらぶらぶらさげていた。なんだろう、家では食べたことがないけれどと、ちょっとうらやましい。口のあたりに縄でも通してあるのだろう、どの人もそこを手にしていて、太い銀のベルトをさげているようだ。

魚や貝や野菜は、中国人たちが商《あきな》っている市場に買いに行っていた。少しはなれていたけれどもときたま母の買い物についていくのはなんとはなしに楽しい。

別世界のものとしていたギンギンの太刀魚をたべることになるのは、ずっと後のこと。なにもかもが配給となった戦争末期のことで、もはや太いベルトの形ではなく、細いうえに切り身の形だったが、母の工夫で油いためにした葱と一緒に煮つけると、とてもおいしいことを知った。以来、私の好物になり、里帰りの食卓に用意される一品になったくらいだ。

市場ではもやしを大きな桶の水におよがせていた。注文すると、手ですくって水を切り新聞紙を折った三角袋に入れてくれる。ほかの店では同じやり方で折ったらしい小型の三角袋にからつきの南京豆を入れて並べている。母は売り手の中国人のおじさんにたのんで、その袋の折り方を教えてもらったりする。この三角袋はいろいろなところで役に立つもので、母に伝授された私は、今でも必要になるとこれを折って使っている。

同じ新聞紙でも包み紙にするものには色で模様を刷ってあるのが不思議で、特別な印象だ。何の模様だか、濃い緑とぼたん色がどぎつい。今もイメージとしては思い浮かぶのだが、さて色名図鑑をとりだしてみると、その色の確定はできない。濃い緑色はピーコック・グリーン、ぼたん色はお下げ髪をしばる紐の色といえばいいだろうか。

この新聞紙でくるむものは、焼餅《シャオピン》（ションピンといっていた。小麦粉生地に油を幾度も畳み込み、パイ生地のようになったそれだけを焼いてゴマがふりかけてある）や、饅頭《マントウ》（中に具が入っていないもの）だ。けれども、これらはなかなか買ってはもらえない。

売り手はときどき鼻をかむ。指を小鼻にあててぷっと吹く手鼻だ。その指をズボンの脇やら前掛けの端やらにこすりつけて終わりにする。その手でもって焼餅や饅頭をつかむことにどうしても母はなじむことができない。買うときは、焼きあがったばかりの焼餅を自分でとりあげて自分で包むのだ。いやな太太《タイタイ》（奥さん）だと思っただろうが、顔は笑って任せてくれる。

買い物についていったからといって何かを買い与えてくれるような親でないことは承知していたからねだったりはしない。それでも時には買ってくれるものもあるなかで、ねだってもねだっても買ってくれなかったものは糖葫蘆《タンフウル》児だ。これは店売りではなく、街頭売りだ。砂糖アメでつやつやと光る赤いさんざしの実を五、六個、串だんご風にさしたものを、大きな藁苞《わらづと》にさし並べ、それを肩にかついで売り歩くのだ。見た目にも魅力的だが、その売り声もいい。「リーゴーリーゴー」はりんごのカタコト日本語かも知れない。どうしたって食べてみたい。けれどもこれだけは食べそこなってしまい、いまだに憧れつづけている始末だ。

日本でもちかごろの祭の屋台では、アメやチョコレートをからませたりんごやバナナを棒に突きさして並べているが、あれに似ている。姫りんごのような形をしたさんざしの実を甘く煮た上に砂糖アメがからませてあるこのべたついた糖葫蘆児が風のなかを行くのだ。馬車や荷馬車の馬が落としていった馬糞《ばふん》も、通行人が勝手に吐きちらした痰も、乾いて風に舞い上がる。北京の街頭風景の写真などをみると、今ではビニール袋で包んであるが、あのころはそんな便利なものはなかったから、ほこりはくっつきほうだいだったはずだ。

幼かったからか、私の記憶には残っていないのだが、中の姉は、父ができたての餅子《ピンズ》を買ってきて、底のところのおこげがとてもおいしかった、という。それはきっと「鍋底餅子《クオテイ》」に違いない。とうもろこし粉の饅頭は餅子といわれていて、下層の庶民の主食だ。大型の中華鍋で作るとき、二通りのものができる。鍋の底に水を入れ、桟を渡した上に並べた分は蒸し餅子になり、桟より上の鍋の側面に貼り付けた分は底がこげた蒸し焼餅子になる。庶民の主食ではあったが、それでもこの時代のとうもろこし粉は人間用のもちもち感があるものだったはずだ。戦争末期にフスマ粉までが配給されるころのとうもろこし粉は、蒸し餅子にすると、ばさばさしてほんとうにおいしくなかった。収穫量の多い家畜飼料用のものが人間にまわってきている、とききかじった。

瓜という文字と爪という文字は、〝ツメにツメなく、ウリにツメあり〟などという覚えことばがあるくらい、まったく似かよった形をしている。両方とも、文字の形成のされ方としては、単純に象形そのもので、爪の方は、鳥や獣が獲物をがっしとつかまえるときのその爪の形を思い浮かべればなるほどと理解できる。一方、瓜の方は、三方を囲っているのが蔓で、なかに実がぶらさがっている形なのだそうだから、〝ウリにツメあり〟のツメは、瓜の実がぶらさがっているところをたのしく想像することにしよう。

瓜のなかまの蔓や葉は、共通性があるのにそれぞれには、はっきりとした個性があって実を見るより前に、だいたいはその素性が知れてくるものだ。あるとき、友人の庭の雑草の中に埋もれていたのが瓢簞《ひょうたん》だとわかったのも、葉の形と花の色からだった。南瓜《かぼちゃ》、西瓜《すいか》、冬瓜《とうがん》などの種が、捨てられた場所で芽を出し蔓や葉をのばしているのをよく見かけるが、だいたいはまちがいなくわかる。子どものころには、まくわ瓜のひとり生えもあった。葉の切れ込み具合やふちどりなどから、おいしいまくわ瓜を食べる日を夢みたが、季節がずれてしまっていて、それは叶わなかった。

それにしても、子どものころに親しんだあのまくわ瓜はどこへいってしまったのか、もう長い間、目にしたことがない。何年か前、名古屋の食べもの文化誌『あじくりげ』誌上、宮崎玲子さんの「四季食物画譜」で、眼に残っている記憶そのままに、ギザギザたて縞のまくわ瓜の絵にお目にかかることができて、あれは幻ではなかったと感動したのだった。けれども、手許のカラー写真をふんだんに採り入れた辞書で調べてみると、このまくわという名が美濃国真桑村（現在の岐阜県本巣市）の特産であることに由来していて、古くからおいしいことで有名なものであることはわかったが、説明には〈キンマクワは緑・黄の縞〉とあるのに、写真のなかにころがっているのはずんべらぼうに黄色いだけの黄瓜《きなうり》のようなものである。まくわ瓜というのが、かの伝統芸能真桑文楽の里と同じ地のものであることを知ったのはうれしかったが、一方、辞典の作成者でさえも、撮影すべき本来の真桑瓜をさがしあてることができなかったのだろうかと真桑瓜の行方が心細く思われたのだった。

包丁を入れると、種わたの部分は鮮やかなオレンジ色で、たちまちよい香りがひろがって、真桑瓜はどれもがおいしかった。でも考えてみると、それは母の努力の結果だったのかも知れなかった。自分でもおいしいものが好きで、家族にもおいしいものを食べさせたいと願った母は、あのおじさんのがおいしいとわかると、朝早く道ばたに出て、近くの農村から天秤棒をかついでやってくる何人もの中国人たちのなかのその人を待って買うようにしていたからだ。

北京でもやはり、それぞれの季節のそれぞれの果物は、天秤棒で運び込まれて、人々の口をうるおしたようだ。清の時代の敦崇が記録した『北京年中行事記』にはまくわ瓜のことも〈(旧暦)五月下旬には甜瓜がすでに熟れ、商人は街路に沿い喚び売りをする。これには旱金《ハンチン》墜《ツイ》・青皮脆《チンピイツエイ》・羊角蜜《ヤンチャオミイ》・哈蜜酥《ハミスウ》・倭瓜瓤《ウオクワラン》・老頭児《ラオトウル》楽《ロー》などの各種類がある〉と書かれている。ここに並んでいる名は、俗によばれているもので植物学上の分類ではないから調べるのは難しいが、老舎の『四世同堂』がそのいくらかを教えてくれる。

——まくわ瓜の種類分けには、まるで「民衆を獲得」しようとする気でいるようなところがあって、あの銀白色で、口に入れると融けるようにあまい「羊角蜜」が文雅な紳士淑女たちの口にするのにふさわしいとすれば、かたくて肉の厚い、青い皮に黄金の星をちりばめたような「三白《サンパイ》」や「哈蟆酥《ハマスウ》」は、若い人々が口の力を試すのに適している。そして「老頭児楽」は、名前を見てもわかるように、歯のない老人たちでも、仲間はずれにさせておかない。

私は、この最後に出てきたやわらかな瓜が「老頭児楽」(年寄りもたのしむ)と命名されているのをみると、老人が大切にされている社会が思われて、ひとりでにやさしい気分が満ちてくるのである。

実は、ひとり生えの瓜のあれこれの場面を思い浮かべるときに、思い出されてくる一つの強烈な場面があった。それはとても食べ物雑誌に書けることではなかったので、無理におさえ込みはしたが、それで記憶が消えたわけではない。

普蘭店蓬萊街の住居は、平屋建てで部屋数のある大きな家だったが、塀や門がしつらえてあるもののいつもあけっぱなしで、見知らぬ人もまるで自由に庭を通っていった。黄色い衣をつけたラマ僧が二、三人で連れ立って行ったことも幾度かある。ある時などは、三つある出入り口のそれぞれから托鉢の声をかけ、僧たち自身が苦笑いしていた。

そんな庭の一隅に、瓜がひとり生えした。それは台所のゴミの中からとか、誰かが種を吹きとばしたとかではない由来があるのを、私だけは知っていた。

あけっぴろげな家でも夜は戸締りがしてあったのだが、夏のある朝、台所の出窓が少し開いていた。泥棒にはいられそうになっていたのではないかと家中でさわいでいたところに、そっとのぞきに来た男がいて、いっそう気味悪くなったものだ。そしてちょうどその日、物置近くの草叢《くさむら》に脱糞してあるのが発見された。泥棒は入る前の度胸づけのために脱糞するものだという、真偽さだかではない知識を、子どもの私は聞きかじった。

みんながそのことを忘れたころ、脱糞してあったあたりの草叢にひとり生えの瓜が蔓をのばしはじめていた。糞を片づけなかったわけではないはずだが、それでもあそこからとしか考えられなかった。

八宝飯《パーパオファン》・にんにく・ニラ

その中華料理店へ行くと、子どもだった私は必ず調理場近くをのぞきに行った。といっても一人では行かない。すぐ上の旦子《あさこ》姉と一緒だった。そこには大きな鉄鉤にべろーんとのびた袋のようなものが吊るしてあって、豚の胃袋だときかされても、不思議なものに思われてならなかった。

大連から汽車で二時間ほど離れたその小さな町普蘭店にも中華料理店があって、きわめてたまにではあるが連れていってもらった。家族だけではなく父の職場の中国人たちと一緒だったから、慰労会とか父のなにかの区切りとかいった機会だったのだろう。

だが、そこで何を食べたのだったか、腹がはち切れそうなほど食べたくせに、料理についての、また味についての記憶がない。覚えているのは一つだけ、皮蛋《ピータン》。透き通るような暗褐色の外がわ部分はプリプリした感触がなんとも言えずよいものだったが、そこにもったりした黄身がとけ合っていくといっそうおいしくなった。皮蛋には独特のにおい（あのころは今よりもっときつかった）があるのに子どものくせにそれが大好物になったというのは、よほどおいしさの方が上まわったということなのだろう。――しかし、覚えているのは前菜に過ぎない、また料理というよりは素材そのものといった方がよい皮蛋だけというのは、今になってみれば悔しい。

そして後になってからそのときひと口だけしか食べなかった、名前さえ知らない料理のすがたを思い出していた。それは甘くて甘くてもう沢山と感じられた糯米《もちごめ》ごはん。デザートなのかごはんなのか、大皿にこんもり盛られて最後にご登場だ。色とりどりの干した果物が美しく飾られ、ごはんそのものが甘いのに、そのうえ、中に小豆あんがはいっていた。

食べるものが欠乏した時代になってから、あれを食べなかったのは惜しかったなどと思い出したりしたものだったが、戦後に引揚げてきた後に、思いもしなかったことだがわが家でこれを作ったことがある。

旦子姉が豊橋（愛知県）に住む中国人のところへ通って料理を習っていたころのこと、習ってきたことはもう一度自分ひとりで作らせてみる、というのが母のやり方だったので、いろいろの料理が作られたものだった。この糯米ごはんのときは、なるほどと感嘆した。出来上がりをイメージして、飾りつけの部分から逆に作っていくのだ。ボウル状の器の内側にラードを塗りつけて、そこへ干した果物をデザインしながら貼りつけていくことから始まった。——だが、今にして思えば干した果物のいろいろといったって何があったろう。一九五五年前後のことだから、日中国交回復どころか中国は竹のカーテンのむこうの国で民間貿易も細々としたものだったことを思い合わせると、干し棗さえむずかしかったはずだ。調（張）本人の姉にたずねたいところだが、二十年ほど前に亡くなっている。

料理の名前さえわからないけれど、旦子姉のレシピさえあればと嘆く私に、中の姉が助け舟。図書館の本で〈八宝甜飯〉とつきとめてくれた。名前がわかると幻は姿あるものになった。すぐにでも作ることができる。ドライフルーツのいろいろはパイナップル・パパイヤ・龍眼・プルーン・なつめ……となんでもお好み次第。友人がインターネット「中国料理 八宝飯」で検索してくれた。蓮の実を加えて薬膳料理の一つなのだ。改めて『中日大辞典』で「八宝飯」をしらべると、最後に〈——全体にひどくあまい食物〉と一項が付け加えられていて、この辞典の編纂に生涯をかけた鈴木択郎先生の在りし日の謹厳なお顔が思い浮かび、ひとり大笑いした。

もう一つ思い出したものがある。細めの海苔巻だ。そのころの私は鉄火巻などという言葉はまだ知らなかったから「海苔巻」だと思ったのだったが、あれは鉄火巻というべきものだったのだろう。まぐろだかかつおだかの生の魚肉が巻いてあったが、それはびっくりするほど辛かった。わさびではない、にんにくだ。生のにんにくが辛いものだということを、この時はじめて知った。今になってみると、かつおとにんにくであればなかなかいい組み合わせだと思う。しかしそれから後にはわさび代わりに生のにんにくという鉄火巻には一度も出合っていない。

だいたいあのころはにんにくそのものを食べるという習慣はあまりなかった記憶だ。にんにくの丸ごと天ぷらや、おき火の灰にうずめたにんにくのほっこりした食感をたのしんだのは、もっと後になってからで、料理の材料そのものとしては、葱やニラをよく使っていた。

しかし、たとえ使っていなくても、ニッキ（肉桂）も八角（茴香《ウイキョウ》）も、にんにくも、私の嗅覚の世界の根底にあたりまえの匂いとして存在しているものだった。ニラの匂いは、人によっては「臭」であろうが、私にとっては「香」りとしかいいようがない。

とはいえ、私にはニラの匂いについての強烈な記憶がある。それは「臭」ではなく、たちのぼる気のようなものだったと思い出される。それは官立金州高等女学校でのことだ。その女学校は中国人の女学生のために建てられたもので校舎は鉄筋三階建て、建てられてからまだ四、五年の新しい立派なものだった。

私が女学校一年になった一九四五年四月、金州から大連への汽車通学は許されないことになり、女学校進学の全員が中国人女学校の一隅につくられた神明高等女学校の金州分校に通うことになった。

分校は三階を間借りしていた。ある時、二階の中国人女学生が使う便所へ行ってみて驚いた。ツーンとして目を開いておられないほどの刺激だったのだ。ニラ！ と思った。今にして思えば、アリシン成分が気になって充満していたのだろう。

今ではニラは、多少の季節の波があるとはいうものの、ほとんど切れ目なく一年中店頭に並んでいる。だが、ほんとうの旬は五月だったと思う。やわらかい葉がぐんぐん伸びるこの季節のために畝《うね》の土を盛り上げて白い部分を長く育てる。この季節は、みんなが一斉《いっせい》にニラを食べる。折しも渤海湾の海老の水揚げ量が増加する季節とも重なってニラと海老の玉子とじなどは毎食たべても飽きるものではない。

白菜・酸菜・火鍋子

白菜というと、日本人への白菜の配給が終わったあとの空き地に、朝鮮人や中国人たちが寄り集まってきて、白菜の捨てられている葉を拾っていた光景が忘れられない。私の家が割りあてられた配給場所は、ちょうど中国人女学校の前あたりだったが、その同じ日、金州の町のあちこちでこれと同じ光景が繰り広げられていたに違いない。いつになくまとまった量の白菜の配給を受け取った日本人が外側の葉先が緑色で土がついたり虫食いになっている葉などをその場で惜しげもなくはがし捨てて山にしたそれを拾いに集まってきたのだ。この光景を忘れていないのは、子ども心にもなんだか胸にひっかかるものを感じたからだろう。

冬に向かっていちどきに大量の白菜が手に入るのも困ったことであった。普通に料理に使ったり、漬物に仕込んだりする量を超える分量だ。氷点下一〇度以下といった寒冷が続く土地で白菜を越冬させるのは容易ではない。日本でも雪国などでは雪の中に埋めて越冬させる方法をとっているようだが、雪もなくひたすら寒冷なだけの酷寒の地では白菜は丸ごと凍る。そして凍った白菜の氷の成分が融けるとき、白菜はみるも無残に崩れてしまう。それはすでに経験から知っている。

大量の白菜をどうしたものかと母が悩んでいたそのときに、「酸菜」にすればいい、と知恵を授けてくれる人がいた。寒い地方の中国人はみんな酸菜を作って冬を越すのだと、仕込み方も教えてもらったようだ。

酸菜《スアンツアイ》について『中日大辞典』を見てみる。〈野菜を二つ割りあるいは四つ割りにしたものをかめに入れ、山椒、塩を加えて沸かした熱湯をたっぷりかけ、そのまま蓋をして二、三日漬けたもの、発酵して酸味がある。これを炒めたり煮たりして食べる。(涮羊肉の野菜としても賞用される)〉とあるが、白菜ではなく「野菜」という大きく括ったとらえ方や、塩、山椒を加えるという点が私としてはちょっと納得いかない。むしろ『熊野中国語大辞典』の〈白菜に熱湯をかけ密封して発酵させすっぱくした漬物〉という単純な説明の方が、我が家の伝授された作り方に近い。この作り方で二年続けて作っているはずだ。一度目は、その大量配給のあった敗戦の前年の暮れ近く。そうして二度目は、敗戦となった年の越冬の季節だった。

敗戦のあと、いずれは日本に引揚げることを見据えて、家の奥深くにしまいこんでいたそれまで目にしたこともないあれこれが目の前にひきだされる。あるものは出入りする中国人によって野菜や魚と交換され、この年もそうやって手に入った白菜の一部は酸菜になった。火鍋子《フォクオズ》の鍋というものをはじめて知ることになる。アカガネ（銅）でできた鍋はいちばん上等なのだということなのに、家ではそれまでは見たこともないくらいだから、一度だって使ったことはなかったのだ。なんでも大切にしまっておく習慣もこの際は振り切るべきときがきていた。火鍋子の鍋の構造はなかなかよくできている。いつの頃からか、日本でもしゃぶしゃぶでこの鍋を使うようになってすっかりおなじみのものになっている。下で炭火をおこし、中央の煙突を通って立ち上る熱をつかって、煙突の周りをかこむドーナツ状の鍋で調理する。コンロ部分と鍋部分が一体になっていて鍋ものが実に効率よくできあがる仕掛けだ。

火鍋子の味わいはなんともいえない渾然とした風味に満ちていた。豚肉、かき、えびなど一つ一つの味はもちろんおいしい。だがこの風味を決めている欠かせないものはなにか、覚えておこうねと旦子姉と考える。それは、第一に酸菜、そして干しなまこ、緑豆の春雨の三つだということになった。

酸菜の作り方としてはちょっとちがうと思われた『中日大辞典』の説明を引用したのは、

最後につけられた〈涮羊肉の野菜としても賞用される〉というくだりに大きくうなずいたからだ。涮羊肉《シユアンヤンロウ》とは火鍋で仕立てる羊肉のしゃぶしゃぶのことだから、その鍋ものに酸菜が賞用されるというのなら、旦子姉と二人で決めた、火鍋子に欠かせないものというのは正しかった！　というわけだ。

遅子建の『満洲国物語』（原題『偽満洲国』）を読んでいると、この酸菜があちこちに登場してくる。料理の材料としてではなく、元気になるための冬のたべものとしてだ。

日本にこれに似たものがある。日本各地にはさまざまな漬物があるが、木曽の大滝村や開田村の「すんき」は塩分を使わないで発酵させた乳酸菌の宝庫ともいうべき健康によい保存食だという。「酢茎」という字を当てるけれども、京漬物の「酢茎《すぐき》」とはまったく別のもの。最近ではこの乳酸菌の効用が研究されているらしいが、酸菜をたべて元気を出す、というのも乳酸菌の働きのなせるわざかも知れないと、はるか昔の酸菜を思い出している。

茴香《ういきょう》いろいろ

茴香にも全く困ったものだ。茴香は私を惑わせてばかりいる。といっても、最初の惑いは私の早とちりと不勉強からはじまったのだから、それについては首をすくめて小さくならなければいけない。

私が「茴香豆」という文字に出合ったのはもうかれこれ六十年ほど前のこと、魯迅の小説「孔乙己《クンイーチ》」を原文で読みはじめたころのことだ。主人公の孔乙己は官僚登用制度の試験のほんの入り口のところで落ちこぼれてしまった知識人で、その名残りの長衣を着ているとはいうものの、それは今では汚れはて、短衣の労働する人々にまじって店先のスタンドで酒をひっかける暮らしぶり。つまみに注文するのは、料理というより茴香豆だ。そしてお燗《かん》番の少年に茴香豆の茴の字はどう書くか、回の字には四通りの書き方があるが知っているか、などと長くのばした爪を酒にひたしてスタンドの上に書いて見せようとするが、少年は乞食同然の孔乙己を馬鹿にしきっているので、そっぽをむいて相手にしない。

孔乙己がいると知ってからかうのを楽しみに集まってきた子どもたちに、孔乙己は皿のなかの茴香豆をひと粒ずつわけてやるのだ。ここのところまで読んでくると、茴香豆ってどんな味なんだろうなといつも思いながら、その土地特有の豆の名前だろうと勝手に片付けてきた。そして、なん年か前に紹興土産として真空パックされた「孔乙己茴香豆」をもらったときも、袋の封は切らないまま、窓のようにすきとおった部分からなかみを眺め、これが紹興で「茴香豆」といわれている豆なのか、小ぶりのそら豆みたいなものなのだなと了解したのだった。この袋は、そのままとってあって、今でも眺めている。

「茴香豆」という名前の豆だという思い込みが間違いらしいと気付いたのは、芳香を漂わせる「茴香」の花に出合ったのがきっかけだ。

里山を守ろうという会合の席でのこと、その主旨にいかにも似つかわしく、初夏の山里にひっそり咲いていそうな、薄黄色の小さな花を笠のようにつけた地味な花がどっさり壺にさしてあった。人参《にんじん》の花をでかくしたような、といえばいいだろうか。会が終わって、これ持っていきませんかとさしだされたとき、花の名をたずねてみると、ウイキョウだというのだ。花瓶にさしておいたら、なんともいえない芳香が部屋の中に漂っている。調べてみると、ウイキョウはセリ科（花から想像した人参もセリ科）で、香りのすがすがしさはセリ科共通のものだったとわかる。——地中海のあたりではフェンネルといわれて料理のスパイスとして大活躍しているらしい。そのうえ、この実には健胃剤としての薬効があるというから、それ以来、茴香豆とはすなわち茴香で香り付けした豆だったと理解することになった。

しかし、これは入り口であった。

あらためて「孔乙己茴香豆」と書かれた土産の袋の絵を見てみると豆にまじって「八角」のすがたがみえる。待てよ、してみると、茴香すなわち八角なのかと、さらに調べてみると八角はダイウイキョウの実だという。ほらやっぱりウイキョウだったのだ、と納得したのはほんのいっときのこと。ダイウイキョウは「ウイキョウ」を名乗ってはいるものの、セリ科ではなくモクレン科だというのだ。私はあらためて混乱することになる。

ほんとうの「八角」の素性はなんなのか、そうなるとどうして星のような形の八角になるのか、あの形までが気にかかってくる。迷いこむばかりの私に助け舟が出された。

こんなときはインターネット。私自身はパソコンから離れてしまった人間だが、「八角」を検索してプリントしてくれた優しい知人に助けられて道が開かれた。

そこで判明。ウイキョウ（セリ科）とダイウイキョウ（モクレン科）は別物。ダイウイキヨウはトウシキミといって中国南部からベトナム北部に分布するという。

しかし、ここでまた惑いがはじまる。

シキミ（樒）といえば日本では仏事に使われる樹木だ。ところが日本に分布しているシキミはトウシキミとは違って、その実は「八角」に形も香りも似ているのにかなりの毒性があるというのだ。それぞれの植物は分布帯で分かれているとはいうものの、私の住む町からさほど遠くないところでいえば愛知県三河の山間部でシキミの実を拾ったときいているから、うかうかしてはいられない。

スターアニスといわれるあの見事な八角の形はどうしてできるのか。この疑問はインターネットの資料が解いてくれた。もともとは外見的には丸い木の実だ。その中が八つの部屋に区切られて寄り集まっており、熟して裂開果したとき、八方にはじけてあの形になるのだ。スパイスとして売られている袋入りの八角をみると、その裂け目からつやつやした種子が見えることもある。植物の種子は子孫をばらまくために思いもかけぬような仕掛けをもっている。裂果ということでは公園の片隅や並木の梢に鈴をぶらさげている楓《フウ》の仲間もおもしろい。鈴のような球形の実のままで裂果していて、よくみると球形の表面にトゲが規則的に美しく並んでいる。各部屋の壁を破って種子がとびだした痕跡で、種子はもう残っていない。

――と、ここまでで私の茴香探究はひとまず区切りになるはずだった。

ところが鄭義《チョンイー》の小説『神樹』のなかで、またまたウイキョウに出合うことになってしまう。

小説の舞台は中国山西省あたりの農村で、ウイキョウは一九五九年からの三年連続大飢饉を背景に登場する。すさまじい飢餓をのりこえるということがどんなことだったか。

ある娘＝草珠子はオンドルを掘り崩してネズミの巣をさがしあてる。そこにはネズミがひきこんだほんの少しのトウモロコシ、大豆、小豆、緑豆、棗《なつめ》、クルミがあるが、どれも乾ききっている。ネズミから横どりしたそれらを一つずつじっくり噛む。ひからびているので噛みごたえのあるそれらの一つずつをゆっくり味わいながら、何度もあとは明日にとっておこうと思う。しかしそう思いはするもののどうしてもがまんできなくなってとうとう残すことはできなかった。むしろ飢えはかえって募《つの》るようだ。娘は親ネズミが逃げた後にのこされたネズミの赤ちゃんを思いだす。子ネズミは、〈白い身体に薄く赤みが差しており、ピーナツより大きい。毛は生えておらず、爪や耳がひと塊になって動いている。これはお肉、無駄にはできないわ！〉〈一匹つまんで口に入れると、喉がゴクリと鳴ってこれを飲み下していく。口の中で這い回ることもなく、生臭くもないのでホッとした。そこでもう一匹つかまえて口に入れ、すぐに噛んだ。チュッと鳴いたので彼女はギクッとした。もがいたりしないだけまだいいわ。やわらかい歯ごたえと甘い肉の味に刺激されて、たちまちかみ砕いてしまった。舌に残った血の味を舐《な》めながら、彼女は目を見開いて言った――食べたっていいじゃないの。これは肉なのよ！〉こうして娘は十数匹の子ネズミをまたたくまに平らげる。

こうしてからくも細々と食いつないでみたものの、食糧は徹底的に底をつく。こうして、飢餓の炎に五臓六腑を焼かれてついに禁断のウィキョウの実に手を出すのだ。なぜ禁断か。ウイキョウの実を口にしてしまうと、〈満腹感は一時の慰めにはなるものの、やがて腹が膨《ふく》らみ、肛門が破裂するのだ。糞をほじくり出すのは難しく、木の枝か陶製のさじを使う。おびただしい量の血が流れる。ちょっと動いただけで、血は足の付け根から噴き出し、一足ごとに激痛が走り、足型の血の跡が残るのだ。〉それは死に至る道筋。

ここで「ウイキョウ」と訳された木の実におどろかされはしたが、どうやら別物らしい。原文にあたることはできないものの、鄭義の書いたあとがきから推察してみると、それは八《パー》角棘《チャオツー》らしい。「八角」の文字づらだけが共通しているので、ウイキョウの訳語を当てたのかも知れない。八角棘は葉が八角形で八つの小さな棘が生えており、その実はほのかに甘みがあるものの、のみ込んだが最後、便秘などはるかに通りこして排泄できなくなり、血を流してでもほじくりだすことができなければ死に至るというしろものなのだった。

一九五九年から三年連続の大飢饉時代の餓死者は少なくとも千五百万人であろうと言われているが、中華人民共和国下での出来事であることが胸に突き刺さる。

飢饉でなくとも、食生活はもともと質素なのだ。鄭義はこの地域の農耕の形態や人々の暮らしぶりが、千年二千年と変わっていないのではないかと書いている。そこには人々の主食が列挙される。餄餎《ホーホー》、掐疙瘩《チャオクーター》、貼餅子《ティエピンズ》、窩子頭《クオズトウ》、抿瘩豆《ミンタートウ》、剔尖《ティーチエン》、擦片《ツアオピエン》。注には〈いずれも小麦、コーリャン、トウモロコシなどの粉を練り、ところてん式に押し出したりのばしたり切ったりして様々な形状にした食物〉とあって、その材料を思い浮かべるだけで質素なものであることが想像される。

餄餎は押し出しうどん。韓国ドラマ「チャングムの誓い」のアニメ版「少女チャングムの夢」のチャングムは沢山の穴があけてある鍋のようなものを帽子にしている。これはなんだと思っていたら、これでうどんを作るのだという。粉を練って板にのばしてそれを切っていくのではなく、練ったものをこれに入れて直接沸騰した湯に押し出していくのだろう。

掐疙瘩は、つまみ入れるすいとん。

窩子頭は訳文では読みがクオズトウとなっているが、窩はウオ＝穴になった形からきているはずだ。トウモロコシ粉で作る円錐形の蒸しパンだ。これにつけられた二つの俗称は貧しい主食を笑いとばすかのようなものだ。「黄金塔」。見た目そのものなのだが、もともと黄金にはからきし縁などない人々の半ば自嘲でもある。もう一つの呼び名の「里一外九」は、円錐形の底の方に穴が作ってある、その作り方を示すものだ。あの形をどうやって作るのだろうと思っていたのだが、なんだそうだったのかと納得だ。すなわち、一方の親指を内（里）に入れ、あとの九本の指で外側の形を作っていく。なるほどこうして窩を作っておけば火の通りもよいし、時にはこの窩におかずを詰め込んで食べることもできるというわけだ。

剔尖は板にのばして切っていくのではなく、粉を練って沸騰する湯に削り入れていくもの。おどろいたことに、山東省で料理修業をし、一級調理人の免許をもつ日本人が、日本の観光地の中華料理店でショウとして少し離れた鍋に削り飛ばす技を見せているのをテレビで観たことがある。「刀削麵」といっていたが、これは上質な小麦粉でなければできないことに違いない。

擦片は、大根を突くあの要領で麵を突きだしていくもののようだ。

食べ物の話となると、私は眼の色をかえているに違いない。南瓜というと、戦争中にもう一生食べる分をこえるほど食べたから、これからは一切食べるものか、という人の気持もよくわかる。一方、八月十五日になると、あの時代を忘れないためにすいとん（水団）を食べる行事もある。あの時代のものはこんなにうまいものではなかった、と出し汁や具についていう人にはよく出会う。でも、私はそれはそうだけれどね、と、あの団子の小麦粉が違うことを言いつのりたくなる。それは戦時下の実体験がそう言わせるのだろう。よい小麦粉ならば、すきとおってぷりぷりしておいしいはずのものを、と、またしても戦時下のメリケン粉が消えた日々の恨みごとをもち出したくなる。

私には兄がいた

幼いころは泣き虫だった。すぐ上の姉といつも南京豆よろしく二人くっついて子どもたちの群れのなかにいたものだったが、姉が小学校にはいってからというもの、男の子三、四人が「あいつすぐ泣くからおもしろいよ」などとひそひそ悪だくんでいるのが耳にはいってきただけで、顔がゆがみ声をあげて泣きはじめることになるのだった。家のなかでは父、母、兄、三人の姉たちにくるまれて庇護されているのだということも知らず、一枚は取れるはずだったおはこのかるたを中の姉が取ってしまったと大声でわめき泣いたりした。泣き虫というよりはわがまま、母が他の人に「この子は内弁慶で……」というのをわけはわからないままに口惜しい思いできいてはいたが、実は全くその通りだった。

けれども、そのように泣き虫わがままの子どもではあっても、時には泣くことに、あるいは泣かないことに子どもなりの主張と意地がある時もあった。

はしかにかかったのは四歳のころ、南京豆の片割れの旦子《あさこ》姉と一緒にかかったのだが、姉の順調な回復にくらべ私だけは長びいた。これはむずかしいことになるかも知れないということだったのだろう、汽車ならば二時間はかかる大連の満鉄病院へと自動車で運ばれたことをかすかに覚えている。それは猩紅熱《しょうこうねつ》、ジフテリア、中耳炎、リンパ腺炎とすすんで、抗生物質などのない時代のことだったのでリンパ腺の化膿部分を二ヵ所切開手術することにもなって、九十日間、母が付きっきりの入院となった。その長い入院の間にこの泣き虫が泣いたのはただの一度だという。それも治療のときにではなく、病気がなおりかけたころに旦子チャンがおとうさんに連れられてやってきたときだけ。入院のはじめにのどの状態を見るのが診察の第一歩だというのに、「アーンして」といわれ、母もあの手この手で口を開かせようとしたのに、口をぎゅっと結んでがんとして開かず母を大いに困らせたということだが、この入院では子どもなりの決意があって意地を張ったのかも知れない。

一方、徹底的に泣いてやったこともある。母の表現をかりれば「テニスコートがはじけそうな大声」で近所の人たちにはずかしくてならなかったそうだ。(田舎町だというのにすぐ隣に二面のテニスコートがあったのはやはり植民地だからであろう。大きなローラーがあるのであぶないあぶないと言われながら、広広としたここで、かごめかごめ、通りゃんせ、花いちもんめなどで遊んだものだ。プレイしているおとなたちを見ることもあったが、わが家のテニスラケットはネットが片よったままでいくつかのしなびたボールともども押入れの奥に突っこまれていた。ボールはへそのところから針をさして空気を入れることができるということだったがゴムまりなどはとうに消えている時代のことだ。）一番小さい妹があまり泣くので見すごしにできなかったのだろう、いつもはほとんど遊んでくれたことのない十一歳うえの兄がなだめてくれた。にいちゃんには泣きやまなくては悪いような気がしたものの、なぜか泣きやむものかというなっとくできない気持が働いていた。一方その気持と逆にではあるが、泣きやもうにもあまり大きな声で泣きつづけすぎたからだろう、ヒックヒックとしゃくりあげるものがあって、それはもう自分の気持だけでは止まらない状態になっていた。——これは自分に黙って出かけてしまったかあちゃんが悪いのだ、抗議しなくちゃいけないのだった。

このときは、だいたい初めっから自分が除《の》け者《もの》にされてしまっている奇妙な感じがあった。普蘭店駅の方でなにかがあるらしいのにそれがなにかはわからないまま緊張感のようなものだけは伝わってきていて、かあちゃんが自分をおいて出かけたことと関係あるらしいことを嗅《か》ぎとっていた。

普蘭店の駅をとてもエライ人を乗せた特別の列車が通過するということで旗を振りに行ったのらしい。それは厳戒体制のなかでのことではなかったか。それはいつのことだろうと考えてみると、次にあげる（往復）四回が思いあたる。

① 一九三二年三月一日「満洲国」建国で執政となった溥儀《フギ》は二年あとの一九三四年満洲帝国皇帝となり元号も大同から康徳とあらためた後、皇帝として日本の天皇を訪問した、一九三五年四月。

② 溥儀の弟溥傑《フケツ》と日本の侯爵嵯峨家の娘浩《ひろ》の結婚の儀が東京で挙行された一九三七年四月。

③ 皇帝即位の祝賀のため秩父宮が来訪した一九三九年六月。

④「建国十周年」祝賀のために高松宮が来訪した一九四二年五月。

いずれにしても首都「新京」（長春）と東京を結ぶ道すじは、新京―大連の連京線を特急あじあ号を使って普蘭店を通過するのであった。（大連―東京は船と列車を利用したようだが、溥儀の日本訪問には戦艦比叡が大連―横浜を結んだということだ。）

私の泣きわめきの抗議の時点は、私の年齢をあてはめて考えてみると、溥傑の結婚のときのことではなかったろうか。いずれにしても厳戒の警備体制に守られなければ安心できるものではなかったということだろう。

こんなふうにほんの小さなピンホールほどの穴からちらっと見えた時代の記憶がある。それはちらっと見えただけだったことでかえって頭のすみにひっかかったままだ。

たとえば今でも葱を斜め切りするときに思いだす。葱の斜め切りをはじめて見たのはあの時だった――。二、三日間のことだったと思うが、軍隊のエライ人何人かがわが家にふりあてられて泊まったことがあり、食事のことは、材料はもちろん下ごしらえも全部したものが運ばれてきた。そのとき料理屋からきた大皿の上にあった葱の鮮やかな切り口が、ちらっと見えただけなのにまるで目を射ぬかれたような感触で記憶にのこったのだ。わが家では葱はあんな風には切らなかったから、ふーんと感心もした。

ちょうどその二、三日のはじまる日、私は学校でひどい腹痛におそわれた。だいたい私はおなかこわしではない、ひどい腹痛などは初めてのことだったのに、どうしたことかいつもは優しい受持ちの先生にもまともに相手にされないままとにかく早引きして帰ったのだが、家に帰っても母がつきっきりでかまってくれるなどということはなかった。ほんとうは病気になったときの特権があるはずだったが、母はそれどころではなかった。枕元にいて相手になってくれたのは一人の若い兵隊だった。それはもしかしたら彼が与えられた任務だったのかも知れないが、優しくしてくれたのは、いま思えば彼にとっても病気の子どもの相手で心なぐさめられるものがあったからに違いない。――その時は大演習があるのだとは聞き知っていたが、家の中で寝ていた私はそのありさまのほんのひとかけらをも見ないでしまった。普蘭店の小さな山や野原のどこでなにをやったのだろうかと思ってみても想像もつかない。でもあれはたしかにいわゆる関特演（関東軍特種演習）の切れっ端だったはずだ。その年から小学校が国民学校となった三年生の九月、一九四一年のこと。

いまになって調べてみて驚いた。日本はこの大演習を、新たに三十数万の大軍を関東軍に加える表向きの名目として一挙七十万に大増員し、いつでも満ソ国境を突破してソ連領に侵攻しうる態勢をととのえたのだった。その年の四月に調印締結したばかりの日ソ中立条約などくそくらえ、日本の方から破棄してもよいと軍隊を動かしたのは、ドイツがソヴィエトに侵攻したばかりで満ソ国境のソヴィエト軍が手薄になるであろうと踏んで、この機会をつかんでいつでも一戦を交えられる態勢をとろうとしたのだという。

父は普蘭店の金融組合理事、いわば銀行の支店長みたいな仕事をしていたので、警察、民政署、駅、郵便局などとは違っていわば民間の人であり、軍隊である関東軍との直接のかかわりはなかった。それでも私が歴代の大日本帝国関東軍総司令官のうちの本庄繁、梅津美治郎、山田乙三といった人の名前をフルネームで親しい人かなんぞのように知っているのは、たぶん印刷ではあろうが、父の机の抽出《ひきだ》しにあった扇子をひっぱり出してその人らの揮毫《きごう》のあとを幾度も眺めたことがあるからで、知識として覚えさせられたものではない。考えてみればそのころ、行政の方の最高責任者である満洲特命全権大使（満洲国）と関東長官（関東州）とを、軍人である関東軍総司令官が兼務していたことから、関東庁の管轄下にある金融組合は関東軍の支配の下にあったわけで、間接であるにしろ関東軍とのかかわりがあったのだ。

しかし、「無敵」関東軍についてはいくらかの疑いを感じなかったわけではない。戦争の行方にかかわる話になると、母は「あのノモンハンみたいに……」といかにも不安をかくしきれない表情をみせ、父はその話題をそれ以上つづけないように押さえるふうだったのをそばで見ていて、「ノモンハン」にはどうやら声をひそめなければならない事情があるらしいことが子どもの心に刻みついた。あの妙な雰囲気は「無敵」を誇った関東軍が実は五万六千名の軍隊を送り込んで一万八千名の戦死者をだすという大敗を喫していたということだったのだが、私の脳はいまでも「ノモンハン」ときけば「なにかあるぞ」という反応をまずひきおこすのだ。「なにかあるぞ」をもっとかすかな形で感じたままひっかかっていることは他にもある。

あれは五年生の冬、一九四四年はじめ頃だろうか、発疹チフスが流行した。これを媒介するのは虱《しらみ》だということで虱がずい分神経質に取沙汰《とりざた》されているさなか、金州から大連の女学校へ片道一時間ほどの汽車通学をしている姉二人のうちの一人が虱をもらってきた。下着の縫目にずらりと並んでくっついているありさまは、はじめてみるものだったが「かんのんさま」の別名とは全く縁のない気味悪いものだった。そのころ発熱したのは虱にくっつかれなかった私で、すわ発疹チフスと心配された。結果は単なる発熱だったらしいが、この発疹チフスの流行に関しても秘密めかしたなにかがあった。防疫に対するなみなみならない真剣な空気が私になにか妙なものを感じさせたのかも知れない。あるいは情報を聞きかじってくるのが得意な南京豆の片割れ旦子チャンがなにかをもたらしたのだったかとかすかな記憶をたどってみるのだが、たしかめるべき旦子チャンはもういない。

あれは――、いまになって考えてみれば、あの真剣な防疫状況は、七三一《ななさんいち》部隊から発疹チフス菌がもれてしまってあわてていたということだったのかも知れない。

「おかあさん、どうして行かないの、行こうよ」「ねえ、どうして行かないの」と、応召していく兄の出発を駅までは送りに行かない、と言い張る母に、私などは、つめよるようにしていた。

父はすでに六十歳、あとは母、女の子ばかり四人、そして重かった結核既往症で第二乙種合格という兄、という我が家に、私などはなにか肩身のせまい感じでいたから、その兄がいよいよ出征するということは、ちょっと誇らしくも思われていたのだ。

だが、母は駅までの見送りをいかにもかたくなな様子を見せて拒んだ。母は、もういい、というのだ。昼間のうちに一緒に金州神社に詣《まい》り、二人で話すだけのことは充分話したから、もういい、という。母は、泣き顔を人に見せたくない、ということだったのかも知れない。

この一番最初に生まれた児は、父が朝鮮銀行の東京支店在任中に誕生し、関東大震災を経験している。男の児は、この子一人という結果になったわけだが、なかなか思い通りには育たなかったようだ。結核も、もう駄目だというところまでいったのを、母の熱意で恢復させたらしい。それも、幼い娘たちに感染させないように注意をはらい、その子たちを育てつつの看護はなまなかのことではなかったろう。その看病ぶりを、大連の結核専門医は各地での啓蒙講演の中で例として話していたということだ。結核をふり切って恢復した兄は、親のすすめるコースではない道を選んで、東京で学び、東京で就職し、野菜不足から壊血病になって金州に戻ってきていた。

一九九四年秋、兄の五十回忌を、妹である私たち四人と甥だけで行なった。豊橋全久院の欄間《らんま》に貼られた、五十回忌を迎える人の一人一人を書き出した半紙の数は、例年にない特別の多さだと寺のお庫裡《くり》さんが言う。一九四五年、敗戦の年は、戦地で、あるいは戦災で、多くの人が死んでいる、その人たちがみんな五十回忌なのだ。

兄については、十一歳ちがううえに、間に姉たちがいることもあって、直接の思い出はあまり多くはない。一番上の姉だけは、年齢も近いし、同じ頃に東京の学校へ行っていたこともあって、共通の思い出もあり、またそれをよく記憶してもいる。五十回忌を機会に、兄について話し合ったり、知らなかったことをあらたに知ることになったりした。あの出発の夜は、母は結局駅まで送りに行ったのだという。その昼間、兄と母と二人だけの時間をもった時に、兄は母をおぶったらしいこともわかった。ちょっとくすぐったいような気もするが、それがお別れの儀式だったのだろう。いったん解けかけた雪がまた凍って、つるつる滑りそうになりながら夜道を送っていった記憶、それは一九四四年十一月三十日であったことも上の姉が記憶していてくれた。

私の兄についての最初の記憶は、父と兄が互いに棒立ちになって争っている場面だったかも知れない。いやがって顔をそむけている兄をつかまえて、なにかを飲ませようとしている父がいた。結核の兄のためにと手にいれてきたスッポンの生き血をしぼったばかりだったのだ。もみあった揚句《あげく》、どうやらにいちゃんは飲まないでしまったらしかったが——。

中学校には途中から行けなくなったらしく、早稲田の講義録で勉強していたのを知っている。そして、勉強道具の傍に置いてあった吸取紙のホルダーに貼ってあった、今にも舟が大波にのみこまれそうなそのむこうに富士山がみえる絵が、私の北斎の「神奈川沖浪裏」の図との初めての出合いだったのを覚えている。断片にすぎないが。

中学校といえば、兄は最初に愛知県岡崎にある学校に入学したのだという。これは兄だけのこととして聞きすごしていたが、兄が中学生になる時点では、父は鉄嶺か四平街の金融組合の理事のはずだ。では家族（私もふくめて）はどうしたのだったろう。——たずねてみて、はじめて知ったことは、父を置いて、母と子どもたちみんなが、岡崎にきていたのだという。岡崎には母のただ一人の兄が薬局をひらいていたのだが、にいちゃんの中学進学のためには母は離婚も辞さずという決意だったのだという。岡崎まで家族に付きそってきた父は、どうやら中国服の長衣をきていたらしく、それは父にとってはちょっとしたお洒落のつもりだろうが、兄は「ヤーイ、お前の母さん支那人のメカケ！」などとはやされることになったのだった。

あの時代の岡崎中学校は、厳しい軍事教練があったに違いないが、植民地育ちの本ばかり読んでいたような少年には困難が山ほどあったろう。結核の発病や退学や、家族のみんなが父のもとに戻るのやらが、どんな順序でやってきたかは確かめられない。

それよりも前のこと、一九三〇・昭和五年七月三十一日の辞令で父は鉄嶺金融組合理事に赴任する。夫婦と子ども四人とが大連からの引越しだ。大連―鉄嶺間は約四七〇キロの距離で、急行ならば約七時間が必要だった。

その直後の八月二十三日、長女淑子《よしこ》が敗血症のために死去する。引越して間もないことだ。鉄嶺病院に運び込むことさえ困難だったことだろう。鉄嶺小学校三年生への転入手続きは済ませたあとだったにしても、友だちはまだ一人もいない。「ほおずき、ほおずき」とつぶやいている淑子のためにほおずきをさがすにも苦労したにちがいない。息をひきとるまでほおずきを手離さなかったというこの会うことのなかった姉の命日までは、とってはならぬというほおずきの一角があったので、私などまでが子どもの時からこの命日を心に刻んでいる。母にすれば、引越し多忙のさなか、子どもに充分な目がいきとどかなかったことを忘れることができなかったのだろう。

にいちゃんはこの時九歳。九歳なりの傷《いた》みをうけているはずだ。淑ちゃんは年児《としご》の妹なのだ。二人ともに東京で生まれ、一九二三・大正十二年十二月、朝鮮の大邱《タイキュウ》に父の転動に従って転居。この二人が四歳、三歳になろうとする頃、今の上の姉が生まれる。

その頃に二人がうつった写真がある。「私が寝ていたから、こんなに汚れた顔のままで……」と母を嘆かせる写真だ。母が産後の床にある時に近所の人が撮ったのだという。

二人はぴったりくっついて、まさに南京豆といった形で、一つの籐椅子にはまり込んでいる。（この汚れた顔の雪辱のためか、同じ構図で写真屋で撮った美しい顔の写真もある。）

兄は、淑ちゃんを喪った明くる年の一月一日に生まれた妹の命名者になる。元の旦《はじめ》に生まれたのだから、旦子《あさこ》がいい。九歳、数え年で十一歳になったばかりの少年だ。

後に箪笥のひきだしにゴロゴロあったハーモニカは全部にいちゃんのものだったたし、小さな顕微鏡をもっていて、つくしを摘んでくると、つくしの胞子がピョコピョコ動くのを見せてくれて、私たち妹はそれを「つくしのダンス」と呼んだ。また、残骸として大きなキャビネットだけがあった電蓄（電気蓄音機）はだれが聴くためのものだったか。戦時下に、レコード針がなくなるからと、手回し蓄音機のための代用品の竹の針と、それをカットするための鋏《はさみ》を買ってきたのは兄だった。子どもが目茶苦茶に触って遊ぶレコードとは別にしまってあったのはどんなものだったのだろう。「ダニューブの漣《さざなみ》」はたしか家で聴いたものだったが。

——これらはみんな、私の知らない兄。

それでも、母と兄と幼稚園児の私の三人で家族のための餃子を百五十個以上も作る時間をもったこともあったのだ。幼い私は棒状のものを小口から切った皮のタネを、丸めてつぶし伸ばしやすい形にする。兄は麵棒をもって円《まる》い皮に仕上げる。母が具をのせて形よく包む役だった。

そういえば、兵隊に行く直前の兄との最後の共有時間がある。金州神社の裏の原っぱへ行って、自転車の乗り方を教えてくれようとした。男性のおとなのための自転車は、足がうまくつかなくて、一度や二度の練習では成功することもなく、そのまま兄は行ってしまった。

教えられる側の熱意が足りないこともあったろう。もし成功していれば、それは兄から私への形のある贈り物になっていただろうに、残念なことだ。

最後の家族写真がある。城内の中国人写真館へ行って撮《うつ》したものだ。父も母も、全員揃うのはこれが最後と覚悟して、兄の応召直前に家族写真を撮ることにしたのだろう。母はどうしようもなく、へこたれた表情でうつっている。

通信技術のあった兄は通信兵のはずだった。三年ほどおくれてから届けられた戦死公報によれば、死は、敗戦後まもない十一月二十一日、牡丹江近くの掖河《エキカ》陸軍病院にて戦病死というのだから、いつの時期にか結核が再発でもしたのだろうか。十一月二十一日、部隊の移動にとり残される動けない病人として命を断たれたんだ、というのが家族の一致した意見だ。

母が苦労して病いをふり切った兄だったのに、兵隊にとられて、むざむざと二十四歳で殺されてしまったのだった。

一九二一・大正十年生まれ、酉《とり》年。兄と同じ時代を生きた若者たちは、どんな生き方をしていたのだろうか。その一人に竹内浩三がいる。詩をかいたり、いつか映画の仕事がしたいと、大学では映画科で学び、何本かの脚本も書きためたが、彼は健康だから二十一歳で兵隊

にとられた。いよいよ南方へ送られることになった時、人に託して姉宛に詩を投函。それが、
次の詩だ。一九四五年四月二十四歳、フィリピンで戦死。

骨のうたう

戦死やあわれ
兵隊の死ぬるや　あわれ
遠い他国で　ひょんと死ぬるや
だまって　だれもいないところで
ひょんと死ぬるや
……（中略）
ああ　戦死やあわれ
兵隊の死ぬるや　あわれ
こらえきれないさびしさや
国のため

大君のため
死んでしまうや
その心や

(『竹内浩三全集』、新評論社、一九八四年、より。原文はカタカナ、旧カナ表記と思われる。別に『定本竹内浩三全集　戦死やあわれ』、藤原書店、二〇一二年もある)

竹内浩三は、自分の戦場での死を、このように思って死地へ旅立ったのだった。

敗戦、そして引揚げまで

敗戦前夜

小学校を卒業すれば女学校へ行く、というのを当たり前のように考えていた一方で、新しい出会いへの期待が胸をふくらませていた。旅順には帝政ロシア時代に作られたという建物を寄宿舎にした官立旅順高等女学校というのもあったが、金州からはほとんどの人が汽車で片道一時間で通学できる大連の女学校を選んだ。大連には官立、市立、私立といくつかの女学校が揃っている。口頭試問の練習程度のことで、受験勉強などというものはしなかったが、一応の入学試験を受けた。

そして四月になってみると、大連へ通っていた三年生、二年生は、学校の区別なく全部、一年生は小学校の級友全部が、官立神明高等女学校金州分校の生徒になったのだった。大連への汽車通学は、もし空襲があった場合あぶない、というのだ。分校校舎は、中国人の官立金州高等女学校に間借りする。その頃、東京の学校を卒《お》えて帰ってきた上の姉がそこで教師をしていたが、姉も中国人の女学生とともに勤労動員で内外綿の工場へかり出されており、校舎には折よく（?）教室の余裕があったのだろう。

四月、新学期用の学用品の配給があった。粗末な紙のノートに、ささくれた木でつつまれた折れやすい芯の鉛筆。鉛筆の芯には石つぶでも混じっているのか、時々ノートの上をあとをつけて走ったり、紙をつっかけて破ったりするしろものだ。

配給といってもそんな物しかなかったが、それさえも中国人女学生にはなかったことを知らされる。ある日、女学校三年生になっていた旦子姉を、一人の気丈そうな中国人女学生が訪ねてきた。私たちも同じテンノウヘイカノセキシ（赤子）です。どうして私たち中国人には文房具の配給がないのですか、と姉を責めるのが、心配してなりゆきをのぞき見していた私にも聞こえた。ほんとうにそうだ、おかしい、姉も私も心底そう思ったが、共感するだけで、それ以上のことはなにもできなかった。

文房具の配給はあったが、教科書もなく、授業もないにひとしかった。タブロイド新聞のような形の紙に、国語、数学、理科をあわせたテキストのようなものが配られ、大連から専科の教師がきて、ちょっとした授業らしきこともやったが、それも一度くらいだ。常任としては二人の教師がいた。

校庭の隅の堅くなっている土地を掘り起こして畠にし、そこに種をまき、水をやった。そして次の作業は、教室でのりんごにかける袋貼りだ。『キング』といったような昔の部厚い娯楽雑誌の針金をはずしてばらばらにする。二つ折りになった四ページ分は、袋にするにはちょうどよい大きさだ。くる日もくる日も袋貼り作業に明け暮れる。

いつの間にか、転入生紹介もなく、上海はあぶないというので金州へやってきた上海内外綿の子が混じっている。女、子どもだけを同じ内外綿ということで避難させたのだろう。作業の合い間に、上海での話をする。小犬や熊の形をしたチョコレートがあるという話など、ウソとしか思えない。チョコレートなんて、いつ食べたのだったか。彼らは雨の日にはレイン・シューズを当たり前のようにして履いてきた。大都会上海のぜいたくさが、ほんの少しわかる。

袋貼りをしながら、今、自分の手許にあるページの文字を読む。おもしろそうだと思っても、つづけて読めるのは、表裏関係にある二ページ分だけで、あとの二ページはもうつづかない。つづいた分は、もう誰かの手に渡って袋になっていて、見つけることもできない。雑誌って、ほんとうに難しい作り方がしてあると嘆くだけだ。一度だけ、何人かで共同して「たけくらべ」の絵入りダイジェスト版をさがし出して読み通すことに成功したことがある。

学校では私物の本は没収された。交換しあって読むつもりで非常袋に入れておいた本を持物検査で取り上げられると、返してもらうこともできなかった。

袋貼りは、立派な学徒動員作業だったのだ。これは外地朝鮮にいた同じ年の友人から聞いたことだが、現在のソウル市にあった日本人女学校の第一高女では、午後は飛行機機材のための雲母はがし作業があったとはいえ、午前中には授業があり、入学から敗戦までの四カ月を女学生らしく学んだ記憶があるという。それも英語まであってほんの入り口の初歩的会話を学んだというから、ここでは文部省の「指導要綱」は絶対的な命令とはならなかったことがわかる。さらに同じ学年だという指揮者の岩城宏之の「私の履歴書」（『日本経済新聞』）によると、彼が空襲の続く東京の中学校から石川県金沢市の中学校へ転校してみると、いきなり期末試験に出くわしたという。教室での勉強をしていたところもあったのだ。

やがて初夏になり、りんごの実が育ちはじめる時期がくると、摘果（さくらんぼのように三、四個の房になっているりんごの実のうちから、丈夫そうなのを一つ選んであとを摘み落とす作業）をし、自分たちが貼った袋をかけ、やわらかい金具でとめる。南山のふもと、金州神社の向かい側にひろがるりんご園はA公司《コンス》のものだ。A公司が軍関係の仕事で大もうけした大がかりな会社であることも知っている。このりんごは、やがて関東軍に納められるものなのだ。だからこそ、立派な学徒勤労動員の一環だと言えるわけだ。

このりんご園には気むずかしい中国人のおじさんがいて、ビシビシと叱られた。弁髪を下げていた。今考えると、弁髪は一九一一年の辛亥革命で亡ぼされた清朝下の風習なのだから、その弁髪を三十年も結《ゆ》っているなんて、やはりよほどがんこな人だったといっていい。

袋かけも全部すまないうちに、まさか、というようなうわさがささやかれていた。日本は、もうじき敗ける、というのだ。

日本人が私有していたハッキュウラジオは強制的に供出させられているという話を、大人の話の中から聞きかじっていた。白球（？）ラジオってなんだろう。白球ではなく八球、すなわち真空管が八本あって、外国発信の短波放送が受信できるラジオだったのだ。軍部は日本人にそれを聞かせまいとして供出させたのだろう。中国人のなかにはちゃんとそれを聞いて世界の情勢を知る人がいたのだった。

八月十五日を迎えるより前に、「日本はもうすぐ敗ける。短波放送を聴いていればわかる。海岸近くでは上陸してくるアメリカ軍を歓迎するためにアメリカの旗を用意している」などということを、中国人職員たちから父は面とむかって言われていたようだった。

父はその頃、金融組合へは、自分で作って磨きあげたマドロスパイプと、一冊の黄色い本を持って通っていた。仕事もろくになかったにちがいない。全部まかせて、最終印を押すだけだったのかも知れない。黄色い本の背文字は、ホクロ、と読めた。「黒子」と見たのでホクロと読んだのだったが、ほんとうは『墨子』だったのだということが、あとになって理解できた。ただ、この時期に、兼愛論と非戦論の中国思想家墨子について、父がなにを考えて読んでいたのかは理解できないままになっている。

母は早くから、この戦争は、と悲観的だったが、父も口には出さなくても、日本の敗戦は読めていたことだろう。

そして、私はといえば、いつか神風が吹くはずだということを、少しは信じたい気持をもっていたのだった。

敗戦

敗戦のラジオ放送があった日、正午に重大放送があるから自宅で聴くようにということで休校になったが、ほとんど休日なしだった連日の緊張がほどけたせいか、私は深く眠り込んでしまっていた（この歴史的に大切な時に立ち合わなかったことは残念だ）。「起きなさい、日本は戦争に敗けたんだよ、無条件降伏だって！」と揺りおこされたときの、それがどういう内容を指し示すものかはわからないものの「無条件降伏」という言葉は耳に突きささるものとして響いた。だから、八月十五日は、私には「敗戦」以外言いかえることはできない。とはいえ、それが戦いの終わりであるという意味では「終戦」であってもいい。戦争はもう終わったんだ、というときのあのなんともいえない安堵感を覚えている。

金州金融組合では父の他に二人の日本人がいたが、敗戦の時点ではその二人ともがいわゆる「根こそぎ動員」にひっかかっていたのだろう、不在だった。父は六十歳になっており、普通ならば五十歳定年で職を離れる年齢をとうに過ぎていたが、辞めさせてはもらえなかった。

その場にいたのは父と母と女学校三年の姉と私の四人だけ。七人家族だったのに、兄は兵隊にとられたまま、上の姉は同じ町にいたものの、この町の分隊の責任者である軍人と結婚していた。海軍看護婦を熱烈に志願していた中の姉はそれをとり下げさせられて今は女子師範学校のある旅順へ行っていた。

すぐに引揚げのための行動は開始された。父は直接には動けないので、母と上の姉の二人が国境を越えた満洲国内の金融機関にあった預金を引き出しに行く。子どもたちそれぞれの学資金（女も独り立ちできるように教育する方針）と、定年後の生活設計のための資金だ。その金融機関には、かつて父が就職のために骨を折った姉の同級生の中国人青年がいたから、特別の扱いを受けることもできたようだ。当時通用紙幣のほとんどが満洲中央銀行券だったのだが、すべて日本銀行券でという希望がかなったらしかった。金額にしてどれほどのものであったかは全く知らないが、ある程度まとまったものであったろうから、母と姉はずいぶん緊張したことだったろう。

私などの全く知らないことだが、そのなかの一部を、金州陸軍病院職員の給料を払うのに郵便局の金庫に現金がないから預金してくれと局長に泣きつかれる形で協力したということもあったようだ。先行きのことなどなにもわからない。ただ、この紙幣は「金」と交換ができる兌換券であることが明記してあると母が指でさし示して教えてくれたことのある日本銀行券なのだ。私は、何枚もの百円札が金属製の茶筒につめられていると思うと、引揚げるまでなんとなく安心の思いだった。（今、調べてみると、兌換に関しては一九三一年十二月まで停止していた。）

とにもかくにも金融機関だから、父は敗戦直後はそれを移管する仕事だけは締めくくらなければならなかったが、金融組合の建物は進駐してきたソ連軍の司令部となった。

囚人部隊だといわれた最初に進駐してきた兵隊たちのやりたい放題は、司令部の設置で下火になっていったが、ときおり司令部の門前からいくつかの柩が送り出されるのを、隣接する私たちの住居の窓からのぞき見た。その時の重苦しい荘重な葬送曲のきれはしは、まだ私の耳に残っている。軍規を乱した兵隊を銃殺にしているというううわさだった。

葬送曲とは対極に、戦勝に酔っているような夜ごとのダンスパーティもあった。司令部になった金融組合の建物の向かい側は小公園のようになっていたが、その植込みをはさんだ小高いところに金州民政署だった大きな建物があってここもソ連軍に接収されていた。夜になるとダンスに興じる人々がいた。長い間、灯火管制にならされてきた眼には、あかりはまさに煌煌《こうこう》、そのあかりのなかにダンスをする人影が窓に見え隠れする。あれはどんな音響装置を使っていたのだろうか、あたりかまわぬ音が小公園をへだてたわが家にまで届いてきた。私の覚えた曲は、今になって知るのだが「ハンガリア舞曲」（ブラームス）だった。これは幾度も幾度もかけられたが、あの民族色の濃い悩ましいようなメロディーは故郷への彼らの思いをかきたてたのだったろう。そのほかにあのとき覚えたメロディーには今もどういう曲だかわからないままの美しいものもある。

女房連れの将校、夫婦そろっての将校、女の将校などがいて、女たちは上の姉が洋裁ができることを伝え聞いてダンスパーティ用のドレスを作りにやってきた。ペラペラだけれど華やかな色合いの布地と一緒に、どこかのファッション雑誌を無造作に破りとったデザイン画をもってくる人もいた。ある人はジャンパースカートのような服を着ていて、「サラファン」だといった。上の姉などは「母上縫いたもう紅いサラファン……」の歌でサラファンの名前だけは知っていたという。この仕立ての仕事は、もちろんある程度の収入になり、私などもできることは手伝った。一方でこの時期、ドレスメーカーの師範科を出ている姉に、母は妹たち三人の教育を命じる。洋裁の原型にはじまる製図や仕立ての基礎になる部分縫いを覚えた。そういえばわが家には、ずっと以前に、子どもを失って悲嘆にくれている母のためにと母の兄が贈ってくれたシンガーミシンがあって活躍していた。頑丈な木箱に入れられてアメリカから船で運ばれてきたミシンだ。

それにしても、子どもである私などは、その日その日を過ごすだけだったが、あの時期を、父や母はどんな思いで暮らしていたのだろうか。前の年に召集された一人息子である兄の消息はまるきりつかめなかったし、軍人であった上の姉の夫は、分隊長として敗戦後の本隊との連絡をとるために出かけた途中で、護身用にと持っていたピストルを捨てたところで、そのピストルで撃たれて死んでいた。そのうえ、姉は妊《みごも》っていた。

この頃、父の背中にデキ物ができた。それは今になって思い出すだけでもおぞましい様相をしていた。如雨露《じょうろ》の口そっくりに膿のたまった穴がいくつも寄り集まっているのに、その膿は両がわから押しても押しても出てこないでへばりついていた。中国人の医者に診てもらったのだったと思うが、それは癰《よう》というものだということがわかった。いま『家庭の医学』といった本で調べてみると、さわったり押したりすることは危険で、命にかかわることになりかねないデキ物だったことがわかり、あのとき私は自分のこの手で押したけれど、それが父を死に追いやることになることだってあったのだと身震いする。

突然の立ち退き命令で大連へ出た。日本人が日本に引揚げるということはすでに決定ずみのことであるらしかったから、いつかは金州を去って大連で待機しなければならないのだった。

同じ愛知県出身ということでずっと以前からつながりのあった、大連の繁華街にある大きな菓子屋さんの大連運動場に近い桔梗町にある自宅に間借りすることになった。ベランダもあるかなり広い二階全体を借りることができ、五月、上の姉はここで男児を産んだ。私と旦子姉は、ここから神明高女本校に通学することになる。この学校はやがて中国市政府によって「大連市日僑女子中等学校」と位置づけられ、弥生高女と合併して弥生校舎に移った。新しい校名の「日僑」という言葉は日本からの出稼ぎ人であるという位置づけで、いまの自分たちの立場を鋭く指しているようで痛く感じられた。でも、女学生になって勉強らしい勉強をしたのはこの時が初めてだ。この時の成績表をみると、露語や華語の評価までついているが、教科書などはなかった。印象深く覚えているのでは、延安にいたという女の先生から受けた国語の作品読解での菊池寛「入れ札」の分析がある。ほかに、考古学という学問があることを初めて知り、人類の歴史、世界の歴史のはじまりを少しだけ学ぶ。また授業の中で、満洲事変とは日本軍部が仕掛けたものだったということを知らされて大きな衝撃をうけ、なにがなんだかわからない心持になる。

間借りしていた家には同じ学年の娘さんがいて、この子に導かれるようにして三人で通学する。ほとんどの日は電車で「大連運動場」から乗り、いかめしい外観の旧関東州庁前を通り、「秋林《チユウリン》」と名前をかえた旧三越百貨店を右に大きな大連駅を左にみて、終点「大広場」で下車。ここは放射状に道が拡がっていくので一本間違えると大変だ。ヤマトホテル脇の坂を登ってゆき、同じく満鉄経営だった旧大連病院にぶつかるようにして右に曲がり、神明高女に至るというコースだった。

この通学路の途中にはいろいろの記憶がつまっている。

たとえば、電車が秋林の近くを走っているときだったことを覚えているが、上の姉の教え子として家にも遊びにきたことのある白素環《ハクソカン》《パイスーホワン》さんが乗り合わせていることに気づいた私は、なつかしさによろこびの声をあげて近くへ行こうとした。むこうもちらっと笑顔をみせたようにに思うが途端に旦子姉が私の袖をひっぱり、片眼をつぶって顔を左右にふってみせた。旦子姉はいつも私をたしなめる姉さんぶりを発揮して私としては反抗したくなるのだが、このときはやっぱり少しだけにしろ年上なだけおとなの分別をもっていたというべきだろう。白さんに迷惑をかけることになったかも知れないことなど私は考えもしていなかった。

またあるときは一人で辛い体験をした。耳の中がぐじゅぐじゅとなって途中にある日本人の耳鼻科医院に通っていたときのことだ。ひっそりとした待合室でひとりで待っていると、一人は長衫《チャンシャン》、一人は背広スーツ姿の中国人青年が診察室から出てきた。さっそうとした二人だったが、身を固くした私に近づいて、一人が私のセーラー服の胸ポケットにある徽章《きしょう》に軽く指を触れ、「ふーん、神明なの」と言い、私がいくらか誇りをもって「ええ」と答えた途端、その指は私の小さな乳首をつまみ、とっさのことで何も言えず睨むしかできない私をちょっとふり返って見ただけで高笑いを残して出ていった。屈辱感のために、この出来事は親にも姉たちにも話すことなく、四十年ほどは胸にしまったままにしておくほどだった。ずっと口惜しい思いだったが、敗けた国の人間の置かれている立場というものを思い知らされることであり、同時に、この地で日本人が何をしてきたかということを悟らされる一瞬でもあった。

辛いことばかりではなく美しいものにも出会っている。

その情報は旦子姉が仕入れてきた。同じ女学校の姉妹三人がバレエの公演に出演するというのだ。バレエという舞踊があることさえ知らなかったし、バレエ音楽もはじめてだったが、ムソルグスキーの「展覧会の絵」は理解することができ印象深かった。絵の前に入れかわり立ちかわりたたずむといった姿かたちや表現が美しかった。ため息がでるくらいで、あこがれの気持もふくらんだ。戦時下の息づまるような学校生活しか知らなかった自分たちとはなんという違いだろう。彼女たちも同じ戦時下の生活を強いられていた一方に、私などが想像することもできないような世界をしっかり築いていたのだ。

バレエ公演は、満洲奥地から身一つで大連まで逃げのびてきた人々への救援事業だったのだろう。

後に山口県の劇団はぐるま座で活躍をつづけることになる藤川夏子(一九一一—二〇〇四)もこの時期大連にいて、演劇活動をしていたという。敗戦の年の十一月には「桜の園」や「青い鳥」の公演をはたし、その後、日本人労働組合文化宣伝部の文化工作隊員として街頭、地域、職場に出かけて寸劇を演じたということだが、私自身はそれらに触れる機会をもつことはなかった。

学校は一九四六年いっぱいまでで閉鎖となり、その時点=中華民国三十五年付けで旦子姉は女学校四年の卒業証書を、私の方は女学校二年の在学証明書を受け取った。引揚げの準備として荷物をまとめたり名札を縫いつけたりの仕事の一方で、この電車路近くの大連駅の駅前広場に行って着物の立ち売りをしたこともある。広場は、中国人、日本人、ソ連兵などの行き来でむんむんしていた。いろいろな食べものの屋台が軒を連ね、その間を衣料品などを腕や肩にかけた日本人の売り手、それを品さだめしながらひやかしたり売買交渉のやりとりをする人々でにぎわっていた。少し前から父が一人で出かけていたが、学校がなくなってからは私もついていって、「多児銭《トオルチエン》」（いくらだい）の声がかかるのを待って一人前にかけひきをして売り上げたこともある。このことは私だけのことでいえば、画期的なできごとではあったけれども、原笙子の『不良少女とよばれて』（筑摩書房、一九八四年）を読んで驚嘆した。原笙子は私と同じ年齢だが、在学していた弥生高女を自分の一存で退学し、大連駅前広場の立ち売りに出る。誇りは高いが生活力のない神主だった父、病弱で幼な子をかかえる母を尻目に彼女は一家の生活を切り開いていく。あの雑多な駅前広場でのかけひきを乗り切る活躍ぶりは目をみはるばかりだ。私の立ち売りなんぞはおままごとにすぎないが、それでもこの一所懸命に生きた少女とほんの少しだけではあったが同じ空間にあったのだった。

思わず電車道のあたりをうろついてしまった。

電車のコースは家から学校までをぐるりと迂回するかたちだったので、時には中央公園のなかをつきぬける道を歩くこともあった。歩いてみてはじめて、家のあたりの町の名が花の名前でつながっていることを知る。花園町―水仙町―菫町―山吹町―菖蒲町―桔梗町とあって、その先に行ったことはなかったが、白菊町、千草町、蔦町などがあった。『「満洲」オーラルヒストリー』（皓星社、二〇〇五年）の「新京自強小学校と大連電電社員養成所――劉環斌証言」を読んでいたら、この人は初等教育は「満洲」で受けたのちに電信電話の技術は大連にでて学んだのだが、〈校舎は桔梗町にあり、宿舎は蔦町にあった〉という一行に出会った。

私の一家がいつとも知れぬ引揚げを待って最後に住んでいた家が桔梗町にあり、大連電電社員養成所はすぐ隣の、元は電気通信関係の学校だったという建物のなかに付属していたに違いなかった。

花園町から桔梗町までできたその道沿いの塀につくられた木戸をはいり、私たちはいわば勝手口から出入りすることになっていた。それは間借り人だからというのではなく、この家の者みんなが勝手口を使っていた。なぜなら、ほんとうの玄関は、その道を左へまわりこんだところにあるのだが、道そのものが立入禁止になっていて玄関からの出入りはできなかったのだ。次の区画の元電気通信学校だった学校校舎を接収したソ連軍がその手前の道路からを立入禁止にしていた。

この道路はソ連駐留軍兵士たちの行進練習に使われていて、隊伍を組み歌をうたう――はじめに声量豊かな一人が歌い、そのあとに合唱がつづく。それは実に美しく心ひかれる歌声だった。隊伍は玄関の前あたりまでくるとそこで折返すので、二階の窓を細くあけてのぞいてみることもあった。

そのときの歌声が私の耳には残っているが、旦子姉があのなかに〈りんごの花ほころび……〉の「カチューシャ」があったというのに同調はできないでいた。なにかの思い違いではないかと言いたかった。

その後、あの当時大連一中の生徒だったという映画監督の山田洋次が〈一週間ほどたつと大連の大通りを赤軍がカチューシャの歌をコーラスしながら進駐してきた。軍歌ばかりを耳にしていた僕は、あっけにとられてその美声に聞きいった。〉（『文芸春秋』されど、わが「満洲」特集、一九八三年）と書いているのを読んだときにも、まだ同調できないでいた。

しかし二〇〇五年五月九日、モスクワで催された対独戦勝六十年記念式典を報じるテレビニュースのなかで、幾度となく行進曲風の「カチューシャ」のメロディーを聴くことになり、これだったのかとやっと納得。

金州にいたころにドイツ戦をたたかったというソ連兵のベルトの記念バックルに１９４５

とあるのを見て、はじめて西暦を意識したことを思い出す。
シベリア抑留を描きつづけた画家の香月《かづき》泰男は、ソ連兵から歌を歌うように命じられたことに、ひどく傷ついたという。

街に入るときに、ソ連兵は我々に列を組み歌を歌うように命じた。民衆に、日本の捕虜が決して虐待もされず元気にやっているのだということを示そうとでも思ったのだろうか。しょうことなしに軍歌を歌った。なんの感興もなかった。

（香月泰男『私のシベリア』。ただしこれを文章化したのは立花隆）

香月の「列」（一九六一年）という作品では〈セーヤの収容所からシーラの駅に向って行進する兵隊たちを描いたものである。無理に軍歌を歌わされたときの、なんともやるせないいやな気持を表現してみたかった。〉のだという。
桔梗町で聴いた行進練習の歌声はほんとうに素晴らしかったから、この香月のやるせない気持に同情はするものの、歌えと命じたソ連兵の方も、まさかそれで日本兵たちのしょぼくれた歌をきくことになるとは思ってもみないことだったかも知れないと思う。

引揚げ

引揚げの番がまわってきたのは、一九四七年三月、敗戦から一年と八カ月がたっていた。十四歳、待機の期間中に毛布を使って自分用の大きなリュックサックを縫っていた。たった一度の機会しかないというせっぱつまった心持で、詰め込めるだけ詰め込み、着られるだけは重ね着をした。実はこの記憶は強迫観念ともいうべきものであって、引揚げもほとんど最後のこの時期には、限られてはいるが行李や布団袋を別便で送ることができたのだった。

引揚船長運丸は、かつての定期航路の一万トン級の「ラプラタ丸」といった客船とは大違いの、四、五千トンの多分貨物船で、その船底に詰め込まれ、船酔いに苦しむ人が多かった。やっとほっとしながらも心細い思いを抱える人々を、ほんのひととき慰め力づける演芸会も催される。今でも私が覚えているのは、旅順工科大学の学生だったという、おむかいの双児のお兄さんが、甲板への階段に腰かけて演奏したハーモニカだ。それは今思えば、まさに二人の息の合ったハーモニイのせいだったかも知れない。次から次へとつづく音の流れはどれも今まできいたことがないほど美しかった。なかでも「証城寺の狸ばやし」のはずむような調子は深く心に刻まれた。

日本では農地改革がすすんでいたことも、すでに新円切替えが済んでいて、かの茶筒入りの日本銀行券が反古《ほご》になってしまっていることも知らぬままに、引揚船は日本へ向かっていた。母がひたすら、あの子がいればと念じていた兵隊にとられた兄は、この時すでにこの世にはいなかった。軍人だった上の姉の夫の死は早くに知らされ、妊娠中の姉を深く深く悲しませたが、翌年五月に男児出生。引揚船の中でつかまり立ちをはじめ、今は家族の心を明るく支える存在になっていた。

あとがき

ふるさと、と言葉にすると胸しめつけられるほどになつかしく甘い思いでいっぱいになる。私の場合、それは普蘭店だ。その土地に降り立って、胸いっぱいの空気を吸い、かつて歩きまわった草叢や塩ふく海辺をたどりたいと切に思う。——だが、そうはいかない苦い思いが私をとどめる。

その土地はとても多くのものを私に与え、私を育《はぐく》んでくれた。また、植民地支配の一端になう父の職は直接の血をみることもなく豊かな生活を保証して、みちたりた子ども時代を与えてくれた。そのことに痛みを感じないわけにはいかない。

また、中国の人々への謝りの思いと同時に、ここ普蘭店では、関東州ではただ一カ所という民衆の暴動がおき、破壊、掠奪の前に日本人居留民たちは恐れおののき身をひそめ、ほとんど身一つで普蘭店を去らなければならなかった。それは特定の個人への怨みではなく、日本人の存在全般への積年の怨みを受難者たちが引き受けることになったのだった。
　敗戦直後の八月二十四日の夜のことだ。

　私が中国ですごした時間は、一九三二年から敗戦後一年半ほどの僅かなものにすぎない。そのうえ、日本人の両親やきょうだいのもとにある子どもの見聞したことなど、とるに足らぬほど狭くて小さいものだ。「壺中の天」という中国の故事では、壺の中に仙境ともいえる別世界があったということなのだが、私の場合は壺の中のような小さな世界にいた、しかし、それでもその壺の中から、小さな壺の口を通して見えるものがあったのだ。
　もの心ついたときから、その地に日本人と共に中国人がいるということが、自然であり当たり前の中にいた。両者の生活の領域は二つに分かれているようではあったが、境界線があるわけではなかったので、子どもの私はその境い目のあたりをうろうろすることができた。とはいえ、子どもといえども、日本人が優位にあるらしいことは感じていたとはいえる。境い目あたりをうろうろすることだって日本人の子どもだからこそ我がもの顔に動けたのであって、中国人の子どもにはそのような自由はあろうはずもなかったことを考えるに至るのは、ずっとあとのことだ。

植民地に生まれ植民地に育った者として、知らず知らずのうちに傲慢を身に具えていたといえる。第一に、そこが中国人の土地であることさえ意識しないで生きていた。

なにゆえ、自分がそこに生まれ育ったかを知ってから、それは生涯抜くことのできないトゲとして私に突き刺さりつづけている。

けれど、私にはそのトゲを突き刺したままなればこそ見えることがあり、できることがあるにちがいない。

たとえば、〈九・一八〉＝一九三一・昭和六年九月十八日は、単なる、あることがあった日、なのではなく、それが「国辱記念日」であることの意味を、私は、まともに受けとめたいと思う。

九月十八日、柳条湖で鉄道が爆破されたからと、日本軍を出動させ、満洲各地を力で征圧し、それを拡大して、翌年三月一日には日本のいいなりになる国家「満洲国」をつくりあげてしまったのは日本だ。そしてその発端になる鉄道爆破を実行したのは、日本軍の謀略機関だったことは今では明らかになっている。

私自身は、そのできたばかりの「満洲国」鉄嶺で生まれたのだから〈九・一八〉を他人事《ひとごと》のように忘れてしまうことができない運命《さだめ》を生きているのだと感じている。

一つの事柄も、ちょっとだけにしろ見る角度や拠って立つ場が違えば異なるということの単純なことを言いつづけようと思う。

かつて、同人誌『象《シヨウ》』に書きついできた一連の文章を、一冊の本に、ということになると、大改革が必要であった。勝手気ままに書いた文章は、好きなだけ枝が張り出していたし、一方で、書くべきことが書かれていなかった。大鉈《おおなた》をふるったり書き加えたり、全体を大きく組み替えもした。

こうしてやっとまとまりをつけることができたのは、平凡社・保科孝夫さんのすぐれた編集力と細やかな助言があってのことだった。

また、ここに至るには、中国の大地に生えた植民者の子である藤森に対する、日本で生まれ育った中国人・林淑美《りんしゅくみ》さんの強いあとおしがあったことを思わずにはおられない。

いまここで、数えきれないほどの多くの人びとへの感謝の心があふれるとき、とりわけお二人の名前をあげたくなるのは、どうしようもないことだ。

解説——「記憶の糸」と「資料さがし」

林淑美

ニーデ　ションマ　カンホージ　ヤーメンチュイデ　サンピーケー

中国語をカタカナで表記したこの文句は、遼東半島にあった日本植民地、関東州の町、普蘭店の野山で遊ぶ子供たちが中国人に投げかけるはやし言葉であった。漢字をあてれば「你的什麼于活計、衙門去的鎗斃給」となる。著者もその子供たちのなかの一人であった。

しかし、著者が漢字を正確にあてることができたのは、本書に収められた「粒ようのもの三つ」の「洋銭《ヤンチエン》」の章を同人誌に書こうとしたときだから、それが掲載された一九九四年ちかくになってのことであろう。大学で中国文学を専攻した著者でも、子供の口によって拍子をつけて叫ばれた「サンピーケー」がわからない。友人に訊いてそれが「鎗斃給」とわかる。どうせひどいことを言っていたのだろうと怖れて、これまでなかなかひとに訊けずにいた著者でも「サンピーケー」が「鎗斃給」と知って慄然とする。はやし言葉の意味はこうである。

〝なにをやったんだ、役所にいけばおまえなんか銃殺だーい〟。
約六十年という年月を経ての事実の確認であった。このことは、小学生の時、大好きだった先生のことを楽しげに書き、その校外授業で中国人街の商店を見学した時のことを回想するくだりの直後に述べられる。

――と、ここで私のペンは前に進まなくなる。先ほどから私の前に立ちはだかっているものがあるのだ。
このように日本人の子どもたちは、中国人の地域との間の目に見えない境界線を自由気ままに往来したにもかかわらず、小学校へ行くより前から、群れ遊んでいた子どもたちの間で覚えたはやし言葉が突然のように立ち現れてきたからだ。

突然立ち現れ、立ちはだかったものは、あのはやし言葉であるが、はやし言葉の本当の意味を知ることを避けていた自身の心でもあっただろう。そしてこの言葉をめぐる本当の意味は、「サンピーケー」という文句に限ったことではない。無邪気な宗主国の子供たちに「サンピーケー」と囃される中国人の心のことである。

こんなことを遊びの一つにしていたのだ。

遠くに行ったらいけないよ、おそくまで遊んでいたらいけないよ、人さらいが出るから、などと注意はされていたけれど、幼い子どもたちだけで野山に花摘みにでかけるような場面でも、だれもさらわれることもなかったし、襲われることもなかった。

中国人はじっとじっと耐えていたのだ。

〈役所にいけば、おまえなんか銃殺だーい〉なんて叫んでいる子どもをひっつかまえて、口に指を突っこんで引き裂きたいぐらいの気持を、じっと耐えて時機を待っていたのだろう。

そしてこのようなことが日本統治下では数えきれないほど積み重ねられていたのだ。どう悔いても取り返しはつかない。「口に指を突っこんで引き裂きたいぐらいの気持」は中国人の心を酌んでのことであるが、しかし著者が引き裂きたいのは、六十年前のあどけない幼女の口、あのはやし言葉を発した自身の口のことでもあっただろう。

「苦い思いをともなわずにはおられないにもかかわらず、フランテンという名をきいただけで、私はいいようのない思いにとらえられる。」(「粒ようのもの三つ――蓮の実」の章)。懐かしいフランテン、思っただけで胸しぼられるように懐かしい故郷の普蘭店、しかし、その懐かしさは痛みとともにある、育んでくれた風土への感謝は謝罪とともにある、本書は、それらすべてを実現したものである。

著者は、戦時下の頃を回想した文章によくあるように、記憶をのちに調べた資料で修正するようなことはしない。記憶は記憶でそのままに、その少女のときの記憶、そこにある事実がどういう意味をもつのかを現在において資料で確かめる。生れ育った関東州での記憶、小さく親密な世界の甘やかで楽しい記憶、それを資料にあたり人に訊いて確かめると愕然たる事実が浮上する。その現在の〈愕然〉が、本書の主題のひとつなのだ。愕然とさせるのは日本の植民地支配の実態、著者の記憶を取り巻いていた関東州の現実である、しかもそれは植民地支配後の日本とつながる。戦後何十年経っても、幼児の甘い記憶が「おぞましい歴史」(「普蘭店——壺に泥鰌を入れる」の章)と不離のものであることにいつも向き合わなければならないと、著者の筆は語っているようだ。日本国と日本国民が戦後の長い歴史において、明治以降の植民地支配の歴史的清算を正しく行わない限り、「おぞましい歴史」のおぞましさは、呼びおこされる記憶とともに著者の感情を叩く。生れ故郷での遠い過去の記憶、老年になっても心躍らせる楽しい記憶は、現在も続くおぞましさと共にある。過去は過去であることに終らず、著者の語る過去は現在をも語る。本書は、少女期の楽しさと歴史のおぞましさとをつなぐ作業を、言いかえれば少女期の記憶と戦前戦後の現実との落差を抉《えぐ》るという困難で辛い作業を、果敢にも行い続けた一人の女性の記録である。

以上のことは、中野重治が戦後多くのエッセイで問い続けた問題とつながるであろう。例えば魯迅について触れた「日本歴史の問題」(一九五六年十月号『新日本文学』)の一節である。

いっそう単純にいえば、日本では、魯迅の愛読者が「対支二十一ヶ条」をいまだによく知っていないといったような事実がある。アウシュヴィッツの収容所のことは知っているが、自分自身の南京事件については知っていないといったような事実がある。[中略]そういうことは、われわれ日本人には、思い出したくないばかりか、また忘れてしまっているばかりか、はじめからまるまる知らないでいるようなところがありはしないかと私は思う。このへんのことと魯迅愛読との関係、問題を日本そのものへは無意識にも持ってこないようにするわれわれ日本人の癖の歴史的説明ということがどうしても必要になってきていると思う。

これは、中国と日本、中国文学と日本文学とが、これほど密接につながっていながら、中国の最近の歴史さえわれわれが知っていないということに関係がありはしないか。中国の近代史を知ることによって日本の近代史を知ること、日本との関係における中国史を知ることによつて日本史そのものを知ることの欠如ということからこれが来ていはしないか。

［中略］魯迅をさえ、日本人が日本から出発しないで読む傾きがあるというこの事実の歴史的解説がどうしても必要になつてくる。


日本人が「いまだによく知つていない」と半世紀前に中野が書いた（したがって現在はもっと知っていない）「対支二十一ヶ条」については、また山海関の東という意の関東州がそう名付けられて日本の植民地になった経緯については、著者が「はじめに」で書いているから、詳しく述べる要はないが、関東州は日本にとって特別な地であった。

大正元年発行の『日本植民地要覧』にこうある。「関東州といへば、［中略］所謂遼東半島の謂ひになつて、前後二回の大戦役に於て、我国民の永久忘じ難き山河である。殊に鉄道付属地に於ける、南満洲鉄道一切の権利といひ、租借地としての関東州の利権といひ、皆幾億かの国財を殫亡《たんぼう》し、又幾万から成る、貴き犠牲の賜物に外ならない。」。関東州はまさに日本年来の宿願の地であったのである。日本はこの地を、「前後二回の大戦役」、つまり日清戦争後の「三国干渉」によって阻《はば》まれ、日露戦争の勝利によって一九〇五年に手に入れ、そしてこの『日本植民地要覧』発行の三年のちの「対支二十一ヶ条」において、ロシアが得ていた租借期限二五年を、日本は九九年に延長した。「対支二十一ヶ条」は、植民地関東州の礎《いしずえ》であったといってよい。

中野重治は、「日本歴史の問題」として中国を考えよと言ったのである。苦難の中国近代史の節目の事毎《ことごと》に日本の貪欲な帝国主義的欲望が反映しているのなら、中国近代史は日本近代史の重要な部分であり続ける。中国近代史を知ることは自国の歴史を知ることである。中野はそう言っているのである。著者の育った植民地関東州は、日本と中国との歴史が具体的に交叉する場所であった。著者はその場所から記憶を繙《ひもと》き、言葉を綴る。

それにしても、著者が綴る普蘭店の地は美しい、その地を想う著者の郷愁が美しい。郷愁というものは、どのようにしてひとの心を攫《つか》んでその全部を占めてしまうような力を持ちうるのだろう。満洲鉄嶺で生れ関東州普蘭店で育った著者は、敗戦の約一年半後十四歳のときふる里の大地を後にし、祖国日本に帰った。著者の身体を流れるのは日本人の血であろうが、彼女の五感を形成したのは普蘭店の自然であり中国人のながい間の生活の営みによって成された世界である。ふる里と祖国が一致しないこと、しかもその祖国がふる里の自然と人々に悪行を働いたのであれば、懐かしい世界に対する祖国の罪は、わが身一身で引き受けざるを得ない。植民地生れの郷愁というのは、植民地後のながい時間、文化的にも心情的にも祖国との軋みを感じながら、ふる里への郷愁にさえ罪の意識を感じながら、ふる里への限りない懐かしさに歯をくいしばって生きることなのだ。

　普蘭店の南山には季節ごとにいろいろな花が咲く。翁草《おきなぐさ》、ねじアヤメ、河原なでしこ、桔梗、おみなえし、吾亦紅《われもこう》、つりがね草、野棗《のなつめ》。また、アカシア、ライラック、薄荷《はっか》。そしてルーサン——紫苜蓿《むらさきうまごやし》の畠を行く羊の群れ、南山の東のふもと、中国人のお寺の廟の屋根がゆったり反りかえるシルエットの向こうに上がろうとする、見たこともないほど大きな月。胡弓の調べやドラの音、学校や姉たちから教わった歌の数々、春と杏を想うと自然に「うごめき出」す歌（私は「満洲小学唱歌」という教科書にあったというロバの粉ひきの歌が好きになった）、父の釣りのお供で塩田に行って見た鳥の群れ、千鳥、なべ鶴、さぎ、鴨、おしどり。「今でも瞼《まぶた》に浮かべることができるのに、そんな光景は、ひょっとしたら夢の中で見たものであったかも知れないと思ったこともある」（「粒ようのもの三つ——洋銭」の章）ほどに、懐かしく美しい。山査子《さんざし》売りの不潔を嫌った母がついに買い与えてくれなかった砂糖蜜をまぶした赤い実、幼い手で摘んださくらんぼの実、家族でつくった餃子、中国人がさげて歩く太刀魚。真桑瓜や酸菜、そして皮蛋《ピータン》、どれもこれも本当においしそうだ。ここで本書が描く花々、楽器の音《ね》、鳥の群れ、歌、食べもの、風景などの魅力を描くことは不可能だし、本文があるのだから描く必要もないわけだ。

　著者の記憶はとりわけモノに即して繙かれる。「粒ようのもの三つ」というのは、「上の姉」の筆箱のなかにあった、蓮の実、洋銭、くるみのことだ。その筆箱は、姉の結婚や引揚げも共にして七十余年も手許で使われているものだ。だからその筆箱は記憶の小函《こばこ》であった。小さな粒ようのものから広がる記憶の翼は、著者を懐かしい普蘭店に飛翔させ、甘い夢を見させたのちに現実の地に叩き落とす。細々したもの、微かなもの、小さいものから記憶を呼びおこす能力は、著者だけのものとは言わないが、独特のものである。そして著者の記憶の能力には、強い協力者がいた。七人兄弟の生き残って日本に引揚げた四人の姉妹のうち三人が著者にとっての姉である。同じ記憶を共有するのはこの世でこの姉妹だけである、記憶を確かめることができるのもこの姉妹だけである。敗戦後の旧植民地の混乱も共に生き抜き、姉妹にとってたった一人の兄を戦死で喪った悲しみも共に耐えた。ただ同じ記憶を共有するといっても、少しずつ年齢の違う姉妹のそれぞれの記憶は、年によって違ってくる日本の植民地支配の諸相も反映する。敗戦時の姉妹の経験もそれぞれ違う。「上の姉」はすでに結婚し妊《みごも》った身で軍人だった夫の死を迎えねばならなかったのだから。戦後ふる里をたずねることを自ら固く禁じた著者にとって、姉たちの存在はかけがえのないものであったに違いない。本書の標題を「少女たちの植民地」とした所以であろう。

著者の記憶はとりわけモノに即して紡かれると今書いた。そしてそれらの記憶を呼びおこすたびに、共に立ち上ってくる植民地の現実。立ち上ってくるものが不確かであればあるほど、執拗にも粘り強く著者は調査する。この解説文の標題「「記憶の糸」と「資料さがし」」は、「普蘭店――さくらんぼの実る季節に」の章の一節からとったのだが、父の経歴を調べる著者の「資料さがし」も、小さな洋銭――それは日本支配以前に流通していた通貨のことなのだが――に導かれて、はじめは躊躇《ためら》いながらであっただろうが怯《ひる》むことなく進められる。やさしく誠実な父の経歴を調べることは、いずれ日本の植民地経営に加担したことになる父と直面するわけだし、ひいては関東州での家族の暮らしの犯罪性を暴くことにもつながるのだ。

著者藤森節子は私の畏敬する友人である。ずいぶん年長のこの人を友人とよぶおこがましさは見逃してもらうことにするが、解説文を書くにあたって著者に家族について取材した。何よりも読者としては「少女たち」の戦後が気になるし、本書の成立に間接的に協力した姉妹の名を記しておきたいと思ったからでもある。以下、記すのは、著者に訊いた父藤森誠《あきら》の経歴とその家族のことである。

藤森誠は、一九一二年・明治四十五年朝鮮銀行に入り、一九一三・大正二年朝鮮羅南に渡る。馬山、京城と移り、大正九年に東京にもどり結婚、二子をもうける。大正十二年朝鮮大邱に渡り、この地で一子をもうける。さらに昭和二年・一九二七年関東州大連に移りこの地で二子をもうける。一九二八年に朝鮮銀行を退職、少し時をおいて満洲金融組合に職を得る。そしてこの時まだ南満洲鉄道付属地であった鉄嶺に移り、二子をもうける。生歿年は一八八五～一九六〇年、七十五歳で歿した。本書カバーの家族写真撮影時は四十八歳（数え年齢で）である。この写真は一九三二年十月二十日鉄嶺の自宅で撮影されたものだという。

母はきく。生歿年は一八九六～一九八一年、八十四歳で歿した。カバーの家族写真撮影時は三十七歳である。

兄、英夫。一九二一年八月に東京市新井宿で出生。一九四五年十一月、満洲牡丹江掖河にて戦病死。二十四歳であった。カバーの家族写真撮影時は十二歳。

長女、淑子《よしこ》。一九二二年十月に東京市新井宿で出生。一九三〇年八月、敗血症で鉄嶺にて死亡。七歳十ヶ月であった。

次女、美代子。一九二五年三月に朝鮮大邱で出生。現在八十八歳で健在である。カバーの家族写真撮影時は八歳。向かって右端に立っている。文中では「上の姉」、例の筆箱の持ち主である。

三女、道子。一九二七年八月に大連伏見町で出生。一九二八年二月、七ヶ月足らずで腸捻転で死亡。

四女、禮子。一九二九年三月に大連桃源台で出生。現在八十四歳で健在。カバーの家族写真撮影時は四歳。真ん中に立っている。文中では「中の姉」。

五女、旦子《あさこ》。一九三一年一月〜一九九五年四月。六十四歳で歿した。出生地は、南満洲鉄道付属地鉄嶺。カバーの家族写真撮影時は二歳。父に抱かれている。文中では「下の姉」。

六女、節子。一九三二年六月十五日に満洲鉄嶺で出生。正確な住所は満洲鉄嶺北五条通五丁目十三番地。八十一歳。カバーの家族写真撮影時は生後百二十日、母に抱かれている。

姉妹のそれぞれの出生地の文字は、まさに日本の植民地支配の地図を見るようである。とりわけ、五女と六女の出生地の表記である。五女旦子と六女節子の出生地は同じなのだが、旦子は南満洲鉄道付属地鉄嶺、節子は満洲鉄嶺。この間に一九三二年三月一日があったのである。すなわち偽国満洲国の成立である。鉄道付属地というのは、一九〇五年にロシアから獲得した鉄道、のちの南満洲鉄道に付属する土地のことである。そしてこの家族が大連から引揚げ船に乗ったのは一九四七年三月であった。

藤森家の戸籍謄本に基づきながら、著者は家族のことを電話で私に教えてくれたのだが、藤森家の戸籍謄本は姉妹ばかりだというのに、まだ破棄されていない。四女の禮子が結婚しなかったからである。藤森と名乗っているのは四女のみである。敗戦時美代子が妊っていた子は男児、引揚げの船の暗さを救ったあの子である。戦後無事に成人し、夫の戦死の後再婚しなかった母に四人の孫の顔を見せたという。

それにしても四女の禮子が世を去ったら、この記憶されるべき戸籍謄本は破棄されてしまうのだろう。そればかりでなく今健在の次女美代子、著者の節子が世を去ったら、関東州の記憶も身体の消滅とともに消えてしまうのだろう。彼女たちにはいつまでも元気でいて欲しいと無理な願いを思う。本書に記されたことは彼女たちの記憶の一部分にすぎないであろうが、本書が公刊されることをまだしものことと思いたい。

末尾に著者の略歴を記す。

藤森節子は、一九四七年三月に帰国後、母親の故郷に落ち着き、女学校三年として、町立蒲郡高等女学校に転校。一九五一年、名古屋大学文学部に入学、中国文学を専攻する。丸山静主宰の読書会「春の会」で知り合った岡田孝一と一九五七年に結婚。岡田の死後、岡田孝一を記念して出した『老パルチザンのあしあと』(二〇〇四年刊)で「私がささやかながら文学活動を続けられるのも」「岡田という、対者、協力者の存在があったから」と書いている。一九八八年創刊の同人誌『象』(代表水田洋)に岡田と共に参加。本書のもととなったエッセイは、年三回発行のこの雑誌に一九九三年十二月から間歇的に連載したものである。著書に、『女優 原泉子──中野重治と共に生きて』(一九九四年、新潮社刊)、『秋瑾 嘯風』(二〇〇〇年、武蔵野書房刊)など。学生時代から学んだ魯迅については講談社文芸文庫の竹内好『魯迅入門』(一九九四年刊)の「解説」などがある。

(りん しゅくみ／日本近代文学・近代思想)

平凡社ライブラリー　791

少女《しようじよ》たちの植民地《しよくみんち》

関東州の記憶から

発行日…………2013年7月10日　初版第1刷

著者……………藤森節子

発行者…………石川順一

発行所…………株式会社平凡社

〒101-0051　東京都千代田区神田神保町3-29

電話　東京(03)3230-6579[編集]

東京(03)3230-6572[営業]

振替　00180-0-29639

印刷・製本……株式会社東京印書館

DTP…………株式会社光進＋平凡社制作

装幀……………中垣信夫

ISBN978-4-582-76791-9

NDC分類番号210.7

B6変型判（16.0cm）　総ページ320

平凡社ホームページ http://www.heibonsha.co.jp/

落丁・乱丁本のお取り替えは小社読者サービス係まで

直接お送りください（送料、小社負担）。